四季总有小春日和天

人生和四季的秋冬之间，总会不经意地出现和煦温暖的春日时光

你是一树一树的花开，
是燕在梁间呢喃，
你是爱，是暖，是希望，你是人间的四月天！

——林徽因

记忆的梗上，
谁不有两三朵娉婷，
披着情绪的花。

——林徽因

秋

autumn

草在结它的种子，

风在摇它的叶子。

我们站着，

不说话，就十分美好。

——顾城

人情冷暖正如花开花谢，
不如将这种现象，
想成一种必然的季节。

——三毛

即使是日常也能让人产生幸福啊

有些我们每天都在经历的事情，即使日日相见却也总能感受到细微的温暖

美食 爱你就要吃掉你

爱吃东西的人，
多数不是什么坏人。
他拼命追求美食，
没有时间去害人。

——《孤独的美食家》

你叫一只猫，猫就来了，

它见到你比见到食物还开心，

它使你感到自己

多么招人喜欢呀！

——阿不壳

闲暇　偷得浮生半日闲

这正是应该静坐的时光，

和你相对，

在这静寂和无边的闲暇里

唱出生命的献歌。

——泰戈尔

恋爱　但愿我和你是一支唱不完的歌

爱情就是穿越一片稻田，
去摘一株最大、
最金黄的麦穗回来，
但是有个规则，不能走回头路，
而且只能摘一次。

——苏格拉底

普通人的10万+生活

汪贵贵 /著

江苏凤凰文艺出版社
JIANGSU PHOENIX LITERATURE AND ART PUBLISHING, LTD

图书在版编目（CIP）数据

普通人的10万+生活 / 汪贵贵著. —南京：江苏凤凰文艺出版社，2018.7

ISBN 978-7-5594-2096-1

Ⅰ.①普… Ⅱ.①汪… Ⅲ. ①散文集－中国－当代 Ⅳ.①I267

中国版本图书馆CIP数据核字（2018）第088814号

书名	普通人的10万＋生活
作者	汪贵贵
责任编辑	丁小卉　姚　丽
选题策划	杨　琴
出版发行	江苏凤凰文艺出版社
集团地址	南京市湖南路1号A楼，邮编：210009
集团网址	http://www.ppm.cn
出版社地址	南京市中央路165号，邮编：210009
出版社网址	http://www.jswenyi.com
印刷	三河市金元印装有限公司
开本	880毫米×1230毫米　1/32
字数	219千字
印张	8
版次	2018年7月第1版，2018年7月第1次印刷
标准书号	ISBN 978-7-5594-2096-1
定价	39.80元

前言

所谓『精英』，都是优质普通人

和贵贵相处，我经常忘记她几乎是个九零后姑娘，总是向她提太多要求，让她承担太多责任，谁让她是个那么努力又贴心的女孩——虽然这个女孩已经是个两岁小女孩的妈妈。

还记得第一次看她的文章，是2014年，那时候“灵魂有香气的女子”公众号创立刚半年，她给我投稿。那个下午，我坐在很暖的阳光里看她的文字，觉得心头暖洋洋，不是因为天气，而是由于她字里行间的善意与宽厚。在这个倡导特立独行的年代，个性的作者有很多，但宽厚成熟的作者却很少，贵贵是其中年龄最小、前路最宽的一个。

于是，我力邀她成为“灵魂有香气的女子”作者，四年来，她带给读者很多惊喜。

她写热点事件，但不会第一时间发声，新闻记者的从业经历告诉她，只有听到更多方面的声音才更客观，于是，她耐心等待事情的推进，不会为了“10万+”的阅读量哗众取宠；她写明星，但选取普通人的视角，她笔下的明星不高冷，就像你我身边的朋友，有无奈和各种不得已；她写身边的故事，大学里读哲学专业的她，反而赋予普通人通透的哲理，把真实的生活写得特别可爱。

所以，她的书里，有各种各样的“优质普通人”。

曾经，我特别信奉职场精英理论，觉得只有名校毕业、在500强工作过，接受过“时间管理”“沟通技巧”“团队合作”等职业培训的精英，才能出色地胜任岗位，可是，看过很多华而不实光说不练的“骨干”之后，我发现职业技巧、工作背景在责任心面前全部不堪一击，扣除每年难得几次的所谓“大事件”，绝大多数人的职场都由点滴琐事和重复性劳动组成，愿不愿意踏实尽到一名普通员工的责任和本分，决定了工作质量。

我也曾很相信生活精英的概念，认为时代摆出的“人生赢家”的图景多么诱人，后来见识了很多脆弱的精英才意识到，所谓美好的蓝图，并不应该仅仅表现在物质上：消费高于他人，换辆好车，住在高档社区，孩子就读于私立学校或者别人打破头才能进入的重点学校，拥有更光鲜的朋友圈……

对于很多符合大众通用标准的“赢家”，促使他们不断向上的动力不是“事业心”，而是“成功欲”，是让自己优异于大多数人的成就感。连王朔都说，大多数人认可的成功，就是挣很多很多钱还被别人知道。

可是，在成功学的激励下，每个人都想去闯关“出类拔萃”这座独木桥，这实在太难了，做“精英”的路也太窄太拥堵。在这样的对比中，关爱家人、对职责上心、对许过的诺言守信、靠谱善良的优质普通人反而显得特别可贵。

他们看起来对职业没有多大期望值，只是尽心尽力做好自己的本分，可是，正因为聚焦，反而容易做得周全，不至于顾此失彼焦头烂额，也更容易达到标准、获得认可。

他们对生活品质的要求没有多精细，却更容易被满足，一不小心，就获得了手边的幸福。

实际上，不管最终的目标多么高大上，大家最开始的出发点，只不过是为了生活得好点儿。于是，优质普通人的优势便显现出来，他们不是庸碌，而是温和的优秀，他们从不咄咄逼人，总是带着暖暖的厚道。他们无法成为媒体宣传的主角，却安安稳稳地过着自己的美满生活。

所以，做个优质普通人并不容易，甚至，这是一个所谓合格精英真正的起点。

感谢贵贵为这样一群人写了这本好书。

李筱懿

2018年5月29日

目 录

chapter 03

10万+的轻装力：不焦虑，不逼迫

chapter 04

10万+的爱情：和细微的生活谈恋爱

MU LU

chapter 01

10万+的掌控力：能力比欲望多一点

那些40+超有钱的女人，20来岁都在干什么？

【引子】

“吾十有五而志于学，三十而立，四十而不惑，五十而知天命，六十而耳顺，七十而从心所欲，不逾矩。”

——《论语》

【正文】

马云背后有一个女人，她的“致富”和淘宝有很大关系。

她是陈小英，申通快递的创始人，在《2017年胡润女企业家》榜单上以120亿排名37。

而这样的一个女人，却是打工妹，22岁守寡。

（一）

陈小英出生在离浙江桐庐县县城几十里外的山村，她家境贫寒，父亲去世后被迫辍学到杭州一家印染厂打工，并在厂里和丈夫聂腾飞相识、结婚。

1993年，上海和杭州之间的外贸公司，报关单必须要在次日抵达港口，但当时的EMS最快也需要三天。聂腾飞发现了商机，在杭州和上海之间送货和报关单。

这就是“申通快递”的前身。

20来岁的陈小英，每天打上千个电话推销快递业务，来回奔波，每天累得倒头就睡。俩人积累了第一桶金，创立了50多个网点，员工数量达到了2000多人。

可是，好景不长，1998年，聂腾飞因车祸去世，申通失去了主心骨，合伙人和员工都相继出走。聂腾飞的弟弟选择建立了韵达。

当时，陈小英才22岁，可谓四面楚歌。一个年轻女人，如何在男人扎堆的快递行业撑起丈夫留下的摊子？如何面对来自小叔子等亲属的竞争？

她咬咬牙，选择了干！在哥哥陈德军的帮助下，陈小英全盘接收申通快递。

这是个苦行业，起早贪黑不说，最初十多年的时间里都被称为“黑快递”，和邮政系统玩猫捉老鼠的游戏。

邮政和警察常常联合起来在高速上堵运货车。来不及转弯……哐！撞了就撞了。押车的都是白天睡觉、晚上工作。

就在这样充满着汗臭味的环境里，新寡的陈小英和男人一样，跑单、周旋，对公司进行重组，撑起了丈夫未做完的事业。

后来，淘宝兴起，陈小英看到了商机。她用自己的努力，让申通成为淘宝配送大军的一员，申通的业务有了质的飞跃。

在工作中，陈小英也再次收获了爱情。她的第二任丈夫，是如今天天快递的董事长奚春阳。

据说，申通发展很快时，甚至有人质疑其亡夫聂腾飞的死因，中伤陈小英。不过，她忍住冤屈，只埋头于自己的事业。

现在，42岁的陈小英已经是百亿女富豪。她一向低调，公开露面时都不施粉黛，也从不多话。

那些在沙场征战的女将军们，谁的从容淡定，不是无数次的急火攻心换来的呢？谁的话语权，不是用实打实的血汗和成绩换来的呢？

（二）

富豪从来都不是天生的神，而是更努力的普通人。

女人与男人有一个很大的不同点：女人更感性、更玻璃心，也更容易为外界意见左右。

那些在40多岁成功的女人，在二三十岁时一定能学着弥补短板。

《2017胡润女企业家》榜上，蓝思科技创建人周群飞以700亿元排名第二，是白手起家的女富豪第一名。她与马云比肩，被称“男马云女群飞”。

和陈小英一样，周群飞同样出生于农村。5岁那年，母亲去世，父亲因意外事故接近失明。

但是，父亲学了8种不同手艺，赚钱养家。这对周群飞影响至深：“父亲是残疾人都在学，何况我是个健全人！”周群飞少年时出来打工，把地点选在深圳大学附近，就是为了方便半工半读。

打工的日子，她先后考取了会计证、电脑操作员证、报关证，甚至包括一个B牌驾驶证。

一开始，她去的是一家很小的玻璃厂，员工吃、住、工作都在一座三层小楼里。

做到第三个月，她觉得没有东西可学，写了封辞职信给厂长。

几乎没有一线工人辞职还要写信，何况还是在20世纪90年代。厂长很触动，留下周群飞，让她去筹备丝网印刷的新部门。

没有现成的案例，她从北京同事那里借来一本《丝网印刷》，天天看。这本书，至今仍是蓝思科技的“传家宝”。

中间，老板撤资，20来岁的周群飞站了出来请求出资，签下军令状，没日没夜地泡在厂里，盖房、布线、消防、备案、报关、营销……亲力亲为，钻研技术。

1993年，24岁的她和堂姐等人，在深圳租了一个三室一厅的民房，靠2万元启动资金，开始家庭作坊式的创业。

哪有什么一帆风顺和一夜暴富？1997年，亚洲金融危机到来，周群飞的家庭作坊受到冲击，回款困难，没钱投入新设备，只能翻新，她常常背着双肩包去香港买零件。

有一次，在旺角车站等红绿灯，瘦小的她突然觉得沉重的背包轻了，回头一看，原来是才几岁的女儿踮着脚用双手托住了包底……

周群飞的讲述中，这件小事非常打动我。

我们总爱调侃马云们在年会上的“亲民”，在日常穿搭上的路人。但是那些成功的人，并不是高高在上的神，只是比常人要努力千百倍的普通人。

“我一定要改变现状，让家人过上更好的生活。”周群飞看着女儿默默发誓。

她和丈夫连续三年没有回家过年，抵押了房子、车子，迎难而上，增加设备、研发技术，从手表玻璃印花做到手表玻璃全产业链。

2003年，她34岁，与人合伙成立蓝思科技公司，转型做手机玻璃，凭着过硬的技术和诚信，迅速成为行业老大。2015年，46岁的周群飞以500亿元身家成为中国女首富。

她也遭受非议，被人说是“小三上位”。和陈小英的态度不同，她召开新闻发布会，细数创业史，怼了回去。

（三）

那些挣钱力强的女人，都有什么特质呢？

曾经也一直觉得那些“首富”“明星”们，和我们的世界没有多大关系，好像她们生来就是成功的一样。可是啊，采访了很多牛人之后，会发现，她们的温和、热情和邻家姐姐没有两样，她们后来的人生逆转，靠的是一点一点的积攒。

她们有坚强的毅力，甚至在十几岁的少年时期，就打定主意抛却了玻璃心。职场从来不分男女，她们甚至比男人更能吃苦，所以才能在40岁争得一席之地。

她们有极强的行动力，从不给自己贴“这个行那个不行”的标签，凡事先做了再说，再来不断调整方向。

她们保持持续的学习力，不会给自己的左右脑设限，啃技术学管理，哪管是20+还是40+。

她们总会有专注力，坚定如磐石，定了一个大方向就一条路走到底，可能会修正细节，但绝不东张西望。

她们还会有快速的决断力，年轻时练就的敏锐和强大的信息搜集能力，让她们的判断更快、更准、更狠。

40岁实现财务自由的她们，20岁没空化妆更没空悲伤，宁愿蓬头垢面，流汗也不流泪。

40岁有了江湖地位的她们，20岁时没日没夜地学习，咬牙拼杀，练就了雌雄同体的本领。

20岁的她们，在风暴中心坚持自我、埋头苦干，才有了40岁的“无人敢非议”。

【轻哲学】

孔子说，“吾十有五而志于学，三十而立，四十而不惑，五十而知天命，六十而耳顺，七十而从心所欲，不逾矩。”

十五岁就立下了学习的志向；三十岁能自立于世，；四十岁小有所成，对人生问题没有过多的疑惑；五十岁知道自己的使命，担当更大的责任（指的是教化天下）；六十岁听得进各方意见；七十岁能随心所欲而不会不越出规矩，达到真正的自由。

那些成功的人，或许会有迷茫，但从不会失去大方向。那些40多岁成功的女人，在20来岁时果敢、努力、埋头苦干。即使如此，她们可能也要到六七十岁才达到经济和精神上的双重自由。何况你我这些普通人呢?

你想做自己，可又是否有能力？

【引子】

不能听命于自己者，就要受命于他人。

——尼采

【正文】

毕业6年，我们几个大学室友像是过上了完全不同的生活。

我们4个人分隔在4座城市，6年没有聚齐过，但每周都在群里嘻嘻哈哈，说说彼此的境况，吐槽和互黑。

（一）

最近，最焦虑的是橙。越近年关，她就越恨不得关了手机消失。

她在外企工作，有房有车，年终奖金不菲——担心的不是没钱过年。几天前，上司在年底的百忙之中抽空请她吃饭，表达了提拔她的意思，另一边呢，猎头公司也抛来了橄榄枝——焦虑的也不是今年的成绩，更不是明年的去向。

想关手机的原因在于母亲大人一次又一次的催婚。

催婚年年有，今年雪上加霜的是：她的两个表妹都在今年有了宝宝。

这仨姐妹从小一块长大，妈妈们的关系也很好。比来比去，橙模样好、身材好、学习好、工作好，样样都是拔尖的，可竟然在结婚生子这件事上落后了。

“我妈都不喜欢在家族群里发言了。一旦有人晒娃，当天晚上我必定要挨骂。”橙发了个“哭”的表情。

作为独生女，橙说：“我也想像绿那样早早遇见真爱、结婚生子啊，可不是找不到合适的人吗？总不能为了结婚而结婚吧？”

绿一直很向往家庭生活，大学时的志愿就是早上起来，阳光和音乐齐飞，孩子在梦中微笑，老公在厨房忙碌。

她在有的人眼中是我们这群人里很争气的一位，是我们四个人中最早生娃的。她的孩子已经上幼儿园了。

早就过上了“老公、儿子、阳光、音乐”的日子，有什么心得体会？

绿发来文字：“早上起来，哭声和吵闹齐飞，老公在梦中打呼，我在厨房忙碌。”

她说：“还是白好，选择永远的二人世界。顺带问候，您明年还丁克吗？”

“明年还丁克吗？”是我们每年春节给白的问候语。

“必须的啊！”我们四个中年龄最大、最早结婚的白回道。

白说，为了防止双方老人在亲戚朋友的围攻中心情不好，他们准备带老人到澳大利亚过春节。

而我，作为一个新手妈妈，带着俩黑眼圈，总在凌晨三四点喂夜奶时呼唤她们的安慰。

年底了，大家都在鸡飞狗跳的忙碌中总结与展望。

看起来，每个人的生活都有很多的不如意。

（二）

优秀如橙，工作压力尚可克服，却在面对双亲和一大家子“有人陪你一起回来”的希望时手足无措。她最羡慕白，早早找到爱人，不仅颜值高、有财商且和她三观高度一致，连“丁克”都可以达成共识。

白和老公两家都是大家族，结婚摆了200桌那种，有钱要面儿，每年能被关心800遍“什么时候生啊”。她说，最羡慕绿，亲戚少、关系简单，过年都可以和老公窝在家里，不管那么多人情世故。

绿呢，为了照顾孩子当了全职太太，可熊孩子一遍遍挑战着她的耐心，不擅家务的老公也在不断地让她可以随时暴躁到头发炸起，还总是焦虑跟不上时代。她最羡慕的人居然是我，认为我尚未被生活的油盐酱醋染透，仍能保有理想主义的情怀，还有家中老人可指望。她的原话是：“你明年有望成为我们四个中生活、事业双丰收的典型。”

而我，最羡慕的是橙。她选择了不错的城市也有不错的状态，事业有无限希望，生活还会有很多可能。

所以，你们看，生活里有无数个鄙视链，也有无数个羡慕链。

正如我们自己展示给别人的从来不是全部一样，别人给我们展示的也从来不是全貌。

你羡慕她阳光、咖啡、西餐、买包包，却看不到她加班到深夜还要被老板穿小鞋的烦恼；你羡慕她的生活丰富多彩，却看不到她的老公已经半年不愿回来；你羡慕她总是时间很多，却看不到她为一笔急用钱着急到上火。

所以，她羡慕你工作轻松又稳定，她羡慕你虽然总是两点一线、生活简单但家庭美满，她羡慕你虽然很忙但财务自由。

小时候写作文说“生活像个万花筒”，长大后才明白这句话的真正含义。

那天，我们四个讨论：什么样的生活才是好生活呢?

橙说：“家里长辈都喜欢议论‘橙还没结婚就是因为太挑了’”。以前她都只是尴尬地笑着说：“哪有。”今年，她准备直接在朋友圈和亲友群发“姑娘我长得漂亮是爸妈给的，养活自己靠双手和大脑，又不想靠男人吃饭，所以我就是挑怎么了？”

绿说，生孩子的时候纠结了很久，但最终还是决定带他来这个世界；辞职的时候纠结了很久，但最终还是决定给孩子最高质量的陪伴。现在，她的家里总是整洁、孩子聪明可爱、老公的事业也日益向上，所以也并不后悔。

白说：“‘丁克’是非常难做的决定，也是非常难坚持的事情，也许有一天我就生了。谁知道呢？自己主动选择的，就是最好的生活啊。”我很喜欢白的这句话：“自己主动选择的，就是最好的生活。”橙的不将就和努力、绿在事业和家庭之间的权衡、白的坚持与可能发生的改变——这些关于生活的决定，都是自己跟随自己的心来做的决定，没有因为被迫的妥协，没有因为害怕而违心的改变。

橙没有因为父母喜欢而接受某个相亲男；绿虽然没有在挣钱但依旧坚持锻炼、学习并因此自信满满；白的“丁克”不是死磕，而是随时会随心改变。

而我的一切选择，也同样出于自愿。

（三）

“羡慕链”的本质在于，生活本来就是充满得与失的，没有一个人可以完满。

就像，我们在一段有多处风景的旅途，可时间有限、精力有限，我们不可能看山又看水、既在游乐场狂欢又在博物馆流连。

他去看山，巍峨苍翠；她去看水，波光潋滟；你去游乐场，嗨到顶点；我去博物馆，默默惊叹。

面对没有见到的景色，我们会羡慕但不嫉妒，轻叹“好可惜”之后继续沉浸在自己选择的线路里——主动选择，让我们更加平静，自然也能欣赏到最美的风景。

主动选择并非一件容易的事情，客观环境的恶劣、主观情绪的改变都会造成影响。比如，你也许明明想去看山，可你心里害怕山路险阻最后选择平坦的水路；也许你明明想体验一下火辣的热带风情，父母却希望你领略寒冷的冰雪世界。

跟着自己的心走，多么不容易啊！

这对你最大的要求就是：你有能力也有勇气对自己的选择负责。

你得有一定的经济基础才能照顾好自己的生活，才能有选择的条件，所以橙总是拼命努力，荷包鼓鼓也是底气足足的基础——你可以让身边人明白，你可以生活得很好。

你还得有强大的内心，足以支撑你无数个差点崩溃的瞬间。比如绿，她的生活和尚在职场的我们完全不同，恐惧和焦虑也更深重，所以她学烘焙、学英语，让自己生活得更有底气。

说白了，女人要想“自己活、活自己”，要付出更大的努力。

而另一方面，主动选择也是最容易的事情，因为你不用依靠他人，改变自己总比试图改变别人容易吧？所以啊，于女人而言，可以主动选择是最大的礼物。

尼采说，“不能听命于自己者，就要受命于他人。”

愿我们，即使羡慕着别人，也稳稳地做着自己。

年底，我们总结着自己的时光也看着别人的故事，细数着得与失，有遗憾也有憧憬。新的一年要到了，你有主动选择的底气和能力吗？你依然能坚持自己的心吗？

【轻哲学】

“强力意志”是尼采哲学思想中的一种价值尺度，并不是世俗权势，而是一种本能、自发、非理性的力量。尼采认为，强力意志源于生命，归于生命，是现实的人生。

说白了，尼采鼓励大家通过超越自己，成为精神上的强者，实现自我价值。一切力量来源于自身，而不是与外界的攀比。

限制你想象力的，不是贫穷，是格局

【引子】

“人使用钱是情理之中的事，但关键是对金钱欲望的过度膨胀就会反过来成为人类的枷锁，它会让人花费更多的时间、精力，甚至丧失其他意识。”

——尼采

【正文】

好像是，“穷”已经成了一种罪过。

小时候，父母总会以某个好吃懒做的单身汉来告诫我们：“人穷一点不要紧，最重要的是勤劳，好手好脚，怎么样都能养家糊口。”

被鄙视的，是那些不愿动手也不愿意动脑的穷人。

可现在，即使你很努力，只要达不到某种被称为“富”的结果，大家都会笑话：“有什么用？还不是穷！”

与此相对的，是对“富”的极端崇拜。

曾有一个很火的帖子：有位客人拿了一件价值35000元人民币的香奈儿上衣到干洗店洗。可是洗后掉色了，香奈儿售后中心回复说：“我们这款产品设计根本没考虑洗涤的情况。”也就是说，穿几次肯定就是要扔掉的。

大家都说，贫穷再一次限制了想象力。“小时候以为有钱人不会有真快乐，长大后才发现有钱人的快乐你根本想象不到！”

又纷纷表达了对“有钱生活”的膜拜。穿鞋不是为了走路的，是为了走红毯的；买包包不是为了装东西的，只是为了背着做装饰的；买衣服只是为了当季、流行、只穿一次；即使买了大牌但只要反复穿，那就是“暴发户”……

恕我直言，这种对有钱人的生活想象大都是势利的“柜姐角度”，以为触及到了有钱人世界的核心，其实依然连外围的边也没摸到。

（一）

李姐是个富一代，50多岁，几年前一次企业家专访得以认识。

她的经历也比较坎坷。幼年贫困，早早辍学。改革开放时，和老公一起南下到鞋厂打工，后来又做鞋子生意，渐有起色，自己开工厂，做品牌。年过五十，积累起万贯家财。

我把“35000元买香奈儿只能穿一次”的新闻和评论截图给她看，她回复我俩字：“哈哈。”

“您买LV、Chanel这些大牌吗？”“买啊，不过大都是经典款哦，出席一些重要场合。居家还是穿优衣库。”

“那您在朋友圈里是不是太节省了啊？”“跟大部分人家的情况差不多吧。买个鞋走红地毯的是明星，不是我们这些普通人（我的内心独白：您不是普通人，好吗）。我们天天忙得要死，非正式场合都穿平底鞋，哪还想着去走红地毯啊。”

“您家是不是有很多豪车？”“车是人人一辆，但不豪啊。低调一些好。”

“您买包是不是也是为了看的，不是为了背的？”“只能看不能用，买来干什么？有钱人的钱又不是天上掉的。”

像李姐这样的富一代，大都是借了改革开放的东风，做实业闯出来的，过过苦日子，所以根本不会乱花。他们会注重生活品质，住别墅、开好车，花在美容、置装上的钱也不会犹豫，注重教育，但这并不等于随便买买买。

有钱人的脑子很灵光，最会算性价比、投资回报率。

她老公更“抠”，一年到头都不换公文包，但也有烧钱的癖好，喜欢买画，都是具有投资价值的，20年前买的某画家的画，现在价格都涨了好几百倍了。看《鲁豫有约》，王思聪他爸爸王健林也有这爱好，还独具慧眼地炒红了几个画家。

李姐的儿子准备出国那会儿，压力非常大，一直刷雅思分，从6刷到8，申请上了心仪的学校。没念管理、经济类，念了建筑。看他的照片，戴着厚厚的眼镜，卫衣、运动鞋是标配。

谁说富二代就是美女沙滩、私人飞机和狗？他的世界，是做不完的功课和实验。他把研究重点放在养老建筑，也到世界各地去旅行，根本没兴趣买买买，而是去看养老院……

李姐和老公的烦恼也很多，最明显的就是线上对线下的冲击越来越大，实体店生意越来越不好做。

那些以为有钱人的快乐就是能“花大价钱买不能洗的衣服”“买鞋不管舒不舒服就为走红地毯好看”的人，不也是另一种“砍柴的以为皇帝就是挑金扁担”吗？

（二）

2017年福布斯富豪榜出炉，比尔·盖茨第24年霸榜。

够有钱了吧？他的生活是怎样的呢？2000年，他和妻子就成立了比尔和梅琳达·盖茨基金会，旨在促进全球卫生和教育领域的平等。

成立17年来，该基金会不仅投入大量金钱研发传染病：HIV（艾滋病）及肺结核等的治疗预防，还直接为一些欠发达地区建造卫生保健站，帮助家庭贫困的学生接受教育。

他们有十几个具体项目，目标是完全根除小儿麻痹、研制品质更好的香蕉、减少疟疾发病率、抗击艾滋……个个都具体可行。

比尔·盖茨甚至在遗嘱中宣布拿出98%的钱捐给基金会，并且鼓励亿万富豪捐款。

他和妻子梅琳达一直伉俪情深，过着健康的生活，穿着最舒适的衣服，从来没想着“穿一次就丢”。

还有那个和比尔·盖茨的风格有点儿像的扎克伯格。他永远穿着他的T恤、连帽衫，开着讴歌、大众、本田等十几万元的平价车。2014年，他们斥资1亿美元购买了夏威夷考艾岛两处房产，占地面积1000英亩，可算是比较大的开支了。不过，扎克伯格说，他们买这两处房产主要是为了保护当地的自然风光。

2017年8月28日，扎克伯格的二女儿出生，他在给她的信里说：“我们希望你们成长的世界会拥有更好的教育、更少的疾病、更繁荣的社会，以及更多的平等……我们会尽力为你们这一代创造一个美好的世界。”

当有的人还在想着有钱多买几个包的时候，真正的有钱人在想着改变世界。

采访过太多的企业家，他们都会告诉你，生意做到一定程度之后，钱就成了一个数字，真正让他们停不下来的，是一种责任感，无论是对员工、企业、行业，还是这个社会。

豪车、美女从来不是富豪的标配，奢侈品加身也从不是身份、地位的象征。

有钱人的生活到底是什么样的？限制想象力的，从来都是不贫穷，而是一个人的见识和格局。

吴尊曾带着一双儿女参加节目《爸爸去哪儿》。他的家族是文莱富豪，自己又是明星又有很多实体产业，非常有钱，但他还是会把孩子吃剩的馒头拿过来吃掉。他对儿子和女儿说：“不可以浪费粮食，这个世界上还有很多人吃不上饭。”

有钱人的生活本身，并不就是贴金的。金钱带给他们的“自由”是：我买得起N个香奈儿，但我也有背着帆布双肩包出街的自信。

（三）

“35000元买一件香奈儿只能穿一次”的事件背后，很多人都觉得没钱甚至成了一件可耻的事情。

不知你有没有感受到身边每一个人对于钱的紧迫感，这个世界变化太快了，对钱的焦虑已经成了一种时代证候。

有一段时间，我自己被这种焦虑弄得有点儿拧巴，总在想“难道钱就这么好吗？大家能不能有点儿精神追求？”

拧巴到后来，我还是承认了钱是很好的东西，在这个奋斗的年纪，我们应该想着多多挣钱。

但是，但是，我们挣钱的快乐不是买几件只能穿一次的奢侈品啊。

成就感、幸福感和有多少钱从来不是绝对的正比。

尼采说，“人使用钱是情理之中的事，但关键是对金钱欲望的过度膨胀就会反过来成为人类的枷锁，它会让人花费更多的时间、精力，甚至丧失其他的意识。”

“富”和“穷”都是相对的。

对于超级大富豪来说，有钱的快乐是在于改变我们所生活的世界。

而对于我们这些普通人来说，追求金钱的快乐，大概是“改变我们所爱的人的生活”吧。

【轻哲学】

尼采的这句话来自其著作《漂泊者及其影子》。在这本书里，他阐释了人的精神力量。一个人的精神层次越高，心理越健康，就越不会随意评判或嘲笑。精神层次高的人能辨别细微之物，能看到人生中竟然隐藏着如此之多的美好，便会感到由衷的喜悦和快意。

而这种快乐，并不是由钱多钱少决定的，而是由精神境界决定的。

你以为靠脸吃饭容易啊

【引子】

“美是无目的的合目的性。”

——康德

【正文】

在新一代的小花、小鲜肉中，欧阳娜娜、关晓彤、张一山、杨紫等一众童星被拿出来比较。其中，出生艺术世家、12岁就在台湾“国家演奏厅”举办大提琴独奏会的欧阳娜娜的成名之路，被很多人评论“伴有遗憾”。

（一）

欧阳娜娜2000年出生，2011年就赢得全台湾大提琴比赛第一名，2013年就考取了美国柯蒂斯音乐学院，获得全额奖学金。她的爸爸欧阳龙曾是台湾一线小生，妈妈是著名演员，姑姑欧阳菲菲是歌手，和林青霞是好朋友。她小时候收到的第一双鞋是林青霞送的GUCCI。

刚刚被发掘时，她在节目上说自己的理想是成为大提琴演奏家。

后来，她考上了柯蒂斯音乐学院。可是，没多久，欧阳娜娜就放弃了学业，进入了影视圈。她的演技一直被人诟病，但发展依然不错。

且不去猜测背后的原因和她的未来发展，单是从音乐学院退学这件事，就令很多人觉得可惜。试想，如果欧阳娜娜一边在学校刻苦学习，一边出去演戏，或许就不会有这么大的非议。

说白了，在这个圈子里，你到底是要拼才华还是“出名趁早”、“趁热打铁”去拼人气和颜值。最起码在欧阳娜娜当前的阶段，二者实在不可兼得。据说，音乐学院的练习非常辛苦。

在娱乐圈这个人人颜值都很高的地方，拼才华还是拼颜值的结果可以说非常明显。

比如著名童星张一山和杨紫。说实话，在小鲜肉遍地的娱乐圈，张一山的长相真不占便宜，《家有儿女》中深入人心的刘星一角可以说是他成年后发展的阻碍，可是在热播网剧《余罪》里，他靠着演技大爆发，彻底摆脱了“刘星”。

再说杨紫，因为觉得自己长得不够漂亮去整容而被诟病很久。然而，人家即使整了容，让她翻身的还是自身能力，《战长沙》《欢乐颂》中的演技都让她成为同龄小花中的演技担当。

（二）

越想靠脸吃饭的人似乎活得越辛苦。

人家说江山“代”有人才出，娱乐圈那是天天都有小鲜肉、小花不断冒尖，每个人的一天也就24小时，想想这些人就觉得累。

最近跟一好朋友聊天，她连续4年做一个小型选美活动。那天她感慨：“现在连2000年出生的孩子都出来选美了！”

那身段，天天晚上夜宵、啤酒也能照样保持；那皮肤，随便画画就精神满满；那眼睛，真是又大又亮，每天都开开心心的样子。

好友用了个强烈的排比，完了总结：“看着她们真觉得我们老了。”

我问，那参加第一届活动的那些模特呢？

基本都不在这行干了——再来跟这些小姑娘竞争都没啥优势了。

我曾经采访过不少大学时代就获得全国性选美比赛的姑娘，有两个让我印象深刻，暂且叫她们小A和小B好了。

俩人都是重点大学的艺术生，年龄相仿，获奖的重量级别也差不多，都属于可以签约模特公司的那种。小A毫不犹豫地签了公司，还在上学就开始走穴，勉强毕业之后，做了北漂。毕业好几年了，她依然和人在北京合租着小房子，在朋友圈和微博晒着光鲜亮丽的生活。有一次聊天，她说：“姐，其实我们真的好累。”这一行更新换代太快，她们都想着早点转型，可是没有好的技能，过惯了名牌傍身的日子，没有多少积蓄，又看不上收入平平的普通工作，“光凭会笑、会走路、会穿衣，在其他行业真的不好混。”

小B呢，毕业之后没有再入这行，而是凭借出色的外语能力过五关斩六将进了一家外企，现在已经是采购经理，过上了金领的生活，事业稳步上升、生活幸福。

（三）

即使是普通行业的姑娘，想靠脸吃饭的也大有人在。

单位有两个姑娘，入职三年了。小C比小D要会打扮一些，也会来事些，心里也觉得自己更漂亮、能力更强。

刚开始上班，领导们都挺看好小C。可是时间久了，大家发现，小C笑容甜甜、很会抢功，可心思根本不在工作上，总想在合作客户的饭局上找高富帅，又想和领导搞好关系占便宜。而小D则认真勤恳，工作踏实。3年以后，小D承担了更多的重要项目，而小C则逐渐被边缘化。

参加过很多饭局，愈发知道“靠脸吃饭”真不是件容易的事情。不知道你们有没有遇到过这样的场景，尤其是老板是大家心照不宣的好色之人时，主人肯定都会叫几个漂亮姑娘，个个千娇百媚，你嗲我比你更嗲，你能喝我比你更能喝，各种大交杯小交杯比着来——而能跟大Boss平等交流的必然不会是这些莺莺燕燕。

和小B聊天，她说，她也曾犹豫过要不要入行，吃几年青春饭。想了很久，放弃了。原因是，靠脸吃饭真不是件容易的事情。总在节食、两年都没有吃饱过；特别关注自己的脸，挣的钱大部分都用在保养上，还一度神经兮兮地觉得自己哪哪都长得不好想去整容；身边的人个个都是美女，大家心思也多，明里暗里攀比，比的还是三围、皮肤、包包、墨镜、走秀品牌等这些东西；遇到一些不错的金主，大家都铆足了劲儿地笑，各种展示自己。

“突然有那么一天，我觉得这些东西让我变得特别神经质、特别厌倦。”小B说，她放弃了，开始苦练英文、学二专业，从那个频登舞台的美女变成了校园里素面朝天、好好学习的姑娘，反而觉得生活越来越充实，自己也越来越自信。

她说，美貌只能锦上添花，从来不能雪中送炭——当然，除非你愿意出卖自己。

真得为有颜有脑的姑娘点赞！

我想为这句话扩充一下：一切外在的东西都只能锦上添花，比如欧阳娜娜的“天才传说”、家世人脉、人气、炒作，比如杨紫整了容的脸，比如模特的好身材和好脸蛋。

而只有自己真正的实力才是可以一辈子依靠的立身之本，比如张一山的演技、小B的外语能力和工作实力、小D的认真踏实。

靠脸吃饭其实比靠才华吃饭更难。一切外在都有变数，只有内在才能永久。

姑娘，我们需要外在来为自己增色，但千万不要认为它永不褪色。

【轻哲学】

为什么时间长了，看一个美人就不觉得美了呢？

康德曾经将美定义为“无目的的合目的性”，意思就是，美是没有目的的，但是最后却达成了某种目的。什么意思呢？我们把

“美”狭义化处理：你不经意看见一朵花，你并没有抱着“看了花我就要心情愉悦”的目的，但是，你一看花心生欢喜，确实达成了让你心情愉悦的目的，这个过程中你觉得它是美的。

美是一种生理、心理的“通感”映像。你一开始看见一个人，不带任何目的，你觉得她很美。但时间长了，你对她的认识已经不像以前那么单纯，知道了她除了外表之外的很多特质，比如脾气性格、行事方式等等，这些都会影响到你对她的“映像”。如果她恰巧是你的恋人，那么你对她有了更多的要求，哪里还有单纯的以外表的美来判断呢?

就像是，你买了一朵百合，不仅希望它美，还希望它能吸附甲醛。谁知道，它没能吸附甲醛，反而让你皮肤过敏。

即使你还会认为它美，大概也会说“美则美矣，但不适合我”吧。

更何况，花会败，容颜会变，审美也有疲劳。

所以，高颜值某种程度上会有一定的价值，但一定不是长久的价值。

能让人『黑转粉』是很强的能力

【引子】

“人之谤我也，与其能辩，不如能容。人之侮我也，与其能防，不如能化。”

——李叔同

【正文】

2017年，范冰冰在36岁生日迎来了自己人生的真正“小巅峰”：李晨求婚，除了钻戒鲜花之外还花200万定了一个新娘玩偶；凭借《我不是潘金莲》获得了金鸡奖影后。

讲真，从丫鬟金锁到现在的人生赢家，范冰冰不容易。

娱乐圈真真假假，在这个流行“反转”的年代，唯有时间是最好的证明。

能让人“黑转粉”，是特别了不起的能力。

（一）我那么努力，只是为了掌握主动

金锁之后，没有主角光环的范冰冰演了很多年“丫鬟”“小姑娘”之类打酱油的角色。

她一直以来都是个特别知道自己要什么的人。

当年签约琼瑶旗下的公司，得不到太好的发展，不惜抵押房子来“赎身”，之后签约华谊。

在华谊期间，她付出了十二分的努力，也得到了很多资源，作品很多，人气很高。

与之相关的是极大的争议，几乎所有的黑点都来自于那个时期。“涉黄”“整容”“性交易”“飞腿踢记者”……甚至有人专门撰文说她“渴望用任何方式出名，美丽却无大脑”。

她的标签有二：一是“炒作”，二是“努力”。

华谊掌门人王中磊曾在接受采访时说，像范冰冰这样过于漂亮的女演员，反而不容易被导演看上。所以，她的成绩是她足够努力才得来的，在公司外号是“铁臂阿童木”。同时，她也说，她在自我包装和宣传上很“主动”。

她从未隐藏自己的野心。

与华谊解约时，范冰冰二十五六岁。她跟王中磊说，未来的五六年对个人发展非常重要，要好好规划。她要掌握主动权，所以自己出来当老板开工作室。

她辗转时装周，贡献了“青花瓷”“龙袍”等经典造型，也找到了合拍的导演李玉。2015年，她以1.3亿人民币的年收入名列《福布斯2015全球最高薪女星》第四位。

她的公益项目“爱里的心”为先天性心脏病孩子服务。人家

说她作秀，她说：“明星本身就能影响更多人，我鼓励大家来作秀。”

她对自己的人生非常笃定，无论是事业还是爱情，所以她才能底气十足地说：“李晨是我最后一个男朋友。”

“别低头，王冠会掉。”她一直一直在非常用力地证明自己曾经说过的这句话。你可以说她贪心，什么都想要，但她确实要到了。

她还说：“挨得住多少的诋毁，就经得住多大的赞美。”“万箭穿心，习惯就好。”但最动人的是那句话——“我的所有努力都只是为了让自己掌握主动。”

“美貌”是一个人进阶的利器，但常常也被其掣肘。

范冰冰对自己的优势和劣势都能看得清楚。实话说，在演技和资源上她确实远远比不上章子怡和周迅；在起点和运气上她比不上赵薇，也比不上林心如。

但难道说，她不配成功吗？如果她一如当年，只是个低眉顺眼的“丫鬟”，就不会有这么多流言蜚语吧。

大多数普通姑娘，不都是得像范冰冰一样靠自己？

当一些明星不屑于曝光自己的时候，她在努力寻找聚光灯；当一些人一夜成名的时候，她被贴上“丫鬟”的标签。她有美貌，但还要被人说成“狐媚”“小三脸”。她并没有伤害他人，反而用自己的影响力帮助了很多人。

有谁比谁高级？大家都不容易。

因为她用力过度、横冲直撞，甚至头破血流，才有了今时今日的地位和感悟，让很多人闭了嘴。

李雪莲用打官司证明“我不是潘金莲”，范冰冰用十几年的实力来证明“我不是花瓶，我不靠炒作”。

那天，拿到金鸡影后的范冰冰说：“我不要天上的星星，我只要尘世的幸福！”

她的粉红心、她的软弱、她的真实，现在都在慢慢释放——大概这是她觉得最妥帖最放松的时刻。

十年前的“黑文”如今依旧还在，但几乎没有一条黑料有实锤。

据说，平均每年有18个人模仿范冰冰，但无一能成。

她有了那么多的“黑转粉”“黑转路”“路转粉”，不是因为她的野心和炒作，而是因为她的实力和努力。

（二）让你闭嘴的女人有骨气

5年前，凌晨，一个关系很好的姐姐Ada给我发微信：“明明是那么努力才做成的事情，却被人说成是出卖色相，做人怎么那么难？”

Ada当时是国内某985大学的生物学专业讲师，是我在采访一个生物学学术年会时认识的。

她出生于一个小镇，很漂亮，虽然当年只有30岁，但已经在国外的核心期刊发表了很多篇论文，编了几本教材。研究生期间，她被交换到美国学习一年，研究领域在国内也是非常前沿的。她非常努力，终日泡在学校的图书馆和实验室，也曾因为太忙和男友几次闹分手。

给我发微信的时候，她被提为副教授，是学校最年轻的副教授之一。

流言一开始是在院系内部传开的，甚至有人绘声绘色地说她和系主任在宾馆房间里“坐大腿”。直到她的男友跑来质问她，她才知道这些流言。

男友和她分手。Ada没有和流言者争辩，也没有一蹶不起，她依然保持着和系主任的正常工作关系，埋头自己的学术。去年，她凭着出色的专业能力再次去美国访学一年。今年一回来，马上就要升教授了。

我不懂生物学，不知道背后要付出多少努力，只知道她的朋友圈里常常是凌晨1点的实验室，是周末的图书馆，是厚厚的英文书籍……

Ada成了院系的活招牌，是教师和学生都爱的“明星教授”。有好几个同事对Ada“黑转粉”，来跟她说流言的始作俑者。Ada一笑置之。

那个人？至今依然是行政办公室一个喜欢八卦的编外员工。

Ada在很保守的家庭里长大。她说：“其实我非常在意那些流言，但我怎么办呢？大吵大闹说自己没有吗？还是离开以证清白？不是，我想，我会留在这里，让你们乖乖闭嘴。”

这是一个女人的“轴”，也是一个女人的血性。

真的是非常普遍的现象。一个女人，要想在事业上做出点成绩，不容易。凡是小有成绩的人，长相好的总被人指指点点，长相普通的又会被人猜测“背景”。

特别敬佩那些一直知道自己是谁并且一心一意朝着目标前进的人，因为，用努力让喷子闭嘴是骨气。

（三）人生精彩之一在于“活久见”

人在不断地成长，心境也在不断变化。范冰冰未必没有“黑料”，只是，当年有矛盾的“还珠三美”早就合体重叙姐妹情了，还有人在暗搓搓讲她们当年的“不和”，有意思吗？

Ada早就是学校的明日之星了，还有人在神神秘秘地说“不可说之事”，有意思吗？

弘一法师李叔同说：“人之谤我也，与其能辩，不如能容。人之侮我也，与其能防，不如能化。”对于毁谤自己的人，与其争辩不如包容；对于欺侮我的人，与其防备不如化解。

愈发觉得，人生的精彩之处还在于：活久见。

那些不管是真实的，还是虚假的，总会在某一天现出原形。所以，吃瓜群众们，我们一定要重视健康啊！只要活得长，什么真相看不到？

立人设的人越来越多，但大部分人都倒在了半山腰。

那些能够在泱泱之口中坚持自己、做成自己又不伤害他人的人，真的特别牛掰。

用自己的实力作拳头，塞住对方的嘴，是一件很有快感的事情。

“我真是看不惯你！”

“那又怎样？我就喜欢你那看不惯我又干不掉我的样子。”

【轻哲学】

弘一法师李叔同的人生哲学强调“爱”。爱的含义极深，身体、财产、子孙、情爱以及艺术、事业都可归于爱的种种形态，是世间无明的境界之爱，即“有我即有我所”。

他一直在思索什么是自己、什么是自己所有？无论是赞美还是毁谤皆在“身外”，不值一提。

对于我们的寻常人生，需有这样的认知，却也不必强求自己达到这样的境界。对于“黑”，我们所能做的，是无视而后向上。

逝者如斯夫，却能证明很多。

脱掉的衣服，不是那么容易一件件穿回来的

【引子】

“不管现象如何，真正的智慧是能够针对任何一个个别事物进行彻底研究，并能够完全认识和理解这一事物的真正的、原有的本质。”

——叔本华

【正文】

那天，看到一个新闻。

厦门一个大二的女生月月（化名），深陷校园贷旋涡，独自在一个宾馆烧炭自杀。

她从多个校园贷平台借钱，仅在一个平台就借了57万多元，她的母亲还曾收到女儿的裸照威胁。

不胜唏嘘。

同学们说，月月并没有买多少奢侈品，借钱可能是为了做微商。她曾说，“大学生应该自己挣钱养活自己。”

是什么，让一个正处花季的姑娘愿意以自己的肉体为担保？

是欲望还是上进心？是不太好的家境还是“看起来人人都很有钱”的社会环境？

（一）

月月的后事仍然在处理，到底什么原因也无从得知。作为一个并不知道细节的人，我其实并不太想写这个沉重的故事。

但是，当我和正在上大学的表妹聊起这件事时，她说现在学校里用校园贷的学生太多。

比如，她自己的室友沫沫，来自小镇，母亲早逝，拿着最高等的助学金，却总是用校园贷来买近2000元的包包、一线的护肤品和化妆品。

样样都在一个普通大学生的标准之上——也有比别人差的，那就是吃饭，没有聚餐的日子里，她常常躲在宿舍啃馒头吃泡面，月底还常常饿肚子。

这是一种怎样的生活？

无从得知。表妹说，只知道沫沫越来越瘦，四年下来挂的科也越来越多，面临毕业的她正在焦头烂额地准备补修学分。

我曾采访过这样的大学生，就叫她陈吧。

先是为了买一个iphone6s，“一个月300元的还款对我而言也没多大压力呀。”

后来，为了买一个口红、一个包包，还有一次品质高一点的旅游……

总之，有很多地方要花钱，总有那么点侥幸心理让她觉得能还上。

和沫沫一样，陈拆东墙补西墙，甚至选择了自拍上半身的裸照来做担保，“到最后，我一共在6家网络贷款平台借钱，半年就欠了3万多。”

在外人看来，她的生活光鲜亮丽，在朋友圈引来了一帮人的羡慕嫉妒恨。

可是，独自一人的时候，只有她自己才知道内心的担心、害怕和绝望。

这种心理自然影响了她的学习和生活，甚至患上了中度抑郁症。

好在，她最后选择了向父母坦白。

父母为她填上了那个洞。

“压力大的时候，我还常常会做噩梦，梦见我的裸照被发到了网上、发到了妈妈的手机上。”陈说。

不可避免的，想说到“虚荣”这个词。

年轻的时候，我们总是敏感到一点都不肯示弱，总是想用那些看起来高级的东西来证明自己。

（二）

我们不应该追求更好的生活吗？

当然不是。

只是，不能只想着光鲜亮丽的结果，却忽略了必须经历的过程。

在一次女企业家采访中认识了Dora，一家外贸公司的老总。

她从不讳言所谓的“原生家庭”。父母离异，跟着母亲，从小吃百家饭、捡表哥、表姐们剩下的衣服穿，上大学靠助学贷款。

她长得很好看，肤白貌美大长腿，清汤挂面也好看的那种气质女人。

Dora笑着说，她一共有三次靠颜值走捷径改变人生的机会。

一次是大二。夏天，常打排球的她被一个在学校操场打篮球的公司老总看上了，人家打听了她的信息，直接问愿不愿意接受他的“帮助”。这个“帮助”说白了就是包养。她读的大学在一线城市，当时刚刚兴起傍大款之风。她果断拒绝了。

第二次还是大学时期，因为穷找兼职，说是家教，去了之后才知道，是要女大学生做裸模，她仓皇逃走。“从此以后，我再也不敢找兼职了，还是踏踏实实念书吧。”

第三次是上班两年后，公司年轻的富二代经理追她。“其实我那时候已经动摇了，毕竟人家多金又体贴。”Dora说，可是，她无意中发现富二代劈腿，果断地绝了来往。

这些故事说起来当然简单，但每次都能果断拒绝诱惑的Dora绝不是等闲之辈啊。

她坦言，也想要更好看的衣服、看起来阔绰的生活，但她深深地明白，要过与自己的状况匹配的生活。

为了过上更好的生活，她必须提高的是自己的能力，是去拼，而不是走捷径。

她本科学经济专业的，大学就自学三门外语——英、日、德，省吃俭用去买教辅资料。

为了挣更多的钱，她毕业后选择做销售，有一年多的时间都没有租房子，一个大箱子装满所有的行李，晚上坐火车白天见客户，在炎热的夏天跑遍南方的大城市、小乡镇。

后来，她和老公一起创业，白手起家，押上所有的财产，办公和吃住都在一间房子里。

“我也很物质的。”Dora哈哈大笑说，靠物质证明自己过得好是人的天性。

大学时拿了奖学金，她第一件事就是买了那件心仪已久、价格不菲的红裙子。

上班挣了第一笔奖金，她立刻奖励自己一个名牌包包。

现在，她是公司老总，对自己也从来不节省，买好车、买奢侈品，有一个很大的衣帽间。

因为匹配得起，所以每次都很心安。

“虚荣和上进不一样，虚荣是对明明得不到的东西的奢望，上进是对可达成目标的坚持不懈的努力。”

Dora说，她一向有一个观念，那就是“在什么时候做什么事情”。

比如，该上学的时候就好好念书，该拼命的时候也不惧怕辛苦，该积累积累，该发力时发力，该求助时求助。

要好强，也要示弱。

生活上，暂时的“穷”或“拮据”并没有什么丢脸的，丢脸的是你的能力始终配不上华丽的外表。

（三）

我承认社会是分阶层的。

只是，我们越来越喜欢用“物质”概念来给阶层贴上标签。

就像是，他是富二代，上层社会，就得要跑车、网红和游轮趴。

她是中产阶级，就要有奢侈品包包、手表，还要喝红酒，定期国外旅游。

更可怕的是，太多的人简单粗暴地从这些标签反推过去——

有跑车就有钱，有奢侈品包包就会被人尊敬。

人们在对物质的追求中肯定自己的价值和意义，靠物质和外在证明自己所在的阶层。

大家忽略了拂去外包装后的生活的本质。

有没有想过，太多人是穿着新衣的国王，而更多的人是那些夸赞“新衣真好看”的吃瓜群众。

这样建立起来的世界，可能原本就是有些虚浮的。

就像是那个“看起来很有钱”的学校里，人手一个iphone，可能大多数都是靠校园贷款换来的。

最可怕的虚荣，不是没有正确地认识自己，而是没有正确地认识这个世界，然后拼命地过分地去追求虚假繁荣，把生活本身过成了肥皂泡。

（四）

有人说，月月可能不是因为虚荣才去裸贷，毕竟她的本意是为了做微商赚钱。

难道不应该为更好的生活奋斗吗?

也不是。

但是，你同样得估计自己的位置和能力，踏踏实实。

别信网上说的、手机里看来的。

没有那么多一夜暴富的神话，却到处都是标题党。

没有那么多唾手可得的机会，却到处都是烂俗的成功学。

那个叫月月的姑娘，一个网贷平台就借了57万多元，不知她到底受了怎样的蛊惑，又曾幻想过怎样的雄图大业。

亲爱的姑娘，去挣自己想要的东西，但要在自己可控的范围内去挣。

你要成长，但不是拔苗助长，不要失控。

在成长的过程中，你甚至可以用颜值来加分，但千万不要出卖尊严。

叔本华在《作为意志和表象的世界》里说：“不管现象如何，真正的智慧是能够针对任何一个个别事物进行彻底研究，并能够完全认识和理解这一事物的真正的、原有的本质。”你的成长标志之一，是越来越智慧，去甄别假象与真相。

毕竟，脱掉的衣服，并不是那么容易就能一件件穿回来的。

【轻哲学】

叔本华出生于德国的一个银行家的家庭，自幼性情孤僻。父亲是非常成功的商人，后投水自杀。母亲是当时颇有名气的作家，与歌德等文豪有所来往。他和母亲的关系一直不好，隔阂非常深，最后关系破裂。

叔本华是是哲学史上第一个公开反对理性主义哲学的人并开创了非理性主义哲学的先河，也是唯意志论的创始人和主要代表之一

通俗来讲，就是人受意志的主宰。某种程度上，意志是人的本能、欲望等非理性的东西。人只有摆脱欲望冲动才能打破意志对行为本身的控制，获得自由，所以他提供禁欲主义的方式来找到希望。

虽然悲观，但叔本华并不赞同自杀，因为自杀行为本身就代表你又受意志控制了。

他的思想并不完全有可借鉴性，但其中“以理性战胜非理性”“以审美逃离意志控制”的观点，值得每个人思考。

chapter 02

10万+的专注力：心无杂念地喜欢、努力和死磕

世界诱惑太多，我们要学会专注

【引子】

“发现你真正爱做的事，需要很深的专注力及洞察力。不要从谋生的角度来开始做一件事，如果你发现了自己爱做的事，你自然就会得到谋生的工具。”

——克里希那穆提

【正文】

前段时间，看到一家知名传媒公司招聘电视剧方向的策划经理，要求是“爱看电视剧，对近年来的电视剧作品如数家珍，了解其导演、编剧、制作方、演员等信息”。

每次看到招聘信息，我就会下意识地对号入座，以便补缺补差。细细想了想，发现除了“爱看电视剧”、熟悉主角的脸和名字、知道一两个知名导演外，其他自己啥都不知道！

（一）

后来，把这个信息转给一个好友，她是骨灰级资深电视剧迷，从小就搬个小板凳看黑白电视，从《渴望》看到《西游记》再到《流星花园》再到《甄嬛传》《琅琊榜》，家庭伦理、青春偶像、宫斗、正史、穿越……她的眼里，无所不看。

大学时，我们另外几个好友，总对着一有空就追剧的她摇头，按照从小到大我妈骂我的话——“恨不得钻到电视里”，简直是太不求上进了。

果然，好友看到这条招聘信息，表示这些要求对她来说小菜一碟，鄙视我的同时还给我上了一课——活生生一部中国电视剧发展史啊！

在我膜拜大神的眼神中，她丢下一句“看剧去了”就没了踪影，深藏功与名，只留下爱学习勤思考的我。

从小到大，我们都被教育，“爱看电视”是个多么坏的习惯，不能提高学习成绩，更不能指望以此谋生。在不多的课余生活中，这算得上最浪费时间的事情了。可若不是消磨时间和娱乐，而是专注地对此领域进行学习和研究，你就会变成“电视精”，这么多年的积累也会变成与众不同的知识长板。

值得一提的是，这位好友虽然总爱追剧，可她的学习成绩及工作状态都是极好的。刚毕业时，她进了一家名不见经传的百货集团，做着一个月不到3000元的管培生。

当时，她的薪资是我们这批好友里最低的，我们甚至觉得这个职位根本配不上她的学历和能力。可姑娘说了，她打算从事这个行业，所以不管是在超市的生鲜科学习如何宰鱼，还是跟在商场楼长屁股后跑东跑西，她都从没一句怨言。

现在，姑娘仍然在这家公司，但已经从管培生升职到运营总监助理，薪资也坐着火箭飞跃了。

我们几个好朋友聊天，总有人在抱怨，传统行业不行啦，线下生意难做啦，还有人总想着跳槽，姑娘却乐呵呵地说："我们公司还有很多厉害的前辈，我都没到他们一半呢，怎么能说环境不行呢？还是我不够优秀。"

你看，她专注于此，内心坚定，从不左右摇晃，特别有钻劲，所以也从不受环境影响唉声叹气。

（二）

我曾做过一个"乐活"的系列报道，找了本城大大小小的玩乐达人。

有一个喜欢动漫的小伙儿，供职于一家著名的广告公司，他利用空闲时间做道具玩Cosplay，背着包坐硬座到处参加动漫展。家人对他不想着找女朋友的状态十分着急，总数落他玩些看不懂的东西。后来，他辞去工作，成立工作室，成了这座城市的动漫展策划人。

另一个从小喜欢布娃娃的姑娘，最后成了手工布艺达人，开了自己的培训工作室。

还有一对喜欢音乐的农村兄弟，不顾父母的反对偷偷自学乐器，最后用土豆、南瓜鼓捣出了"蔬菜乐器"，上了中国达人秀。

这个世界上，总有些看起来"无用"的东西，最后却变成了大用。

那些能成功将无用变“大用”、将“NO”变成“YES”的人，身上都有共同的品质：“专注”。

那个喜欢动漫的小伙儿，脑海里有一部完整的中日动漫史，学画画、到处找材料，甚至为了做好道具去研究力学。他常常在深夜加班做道具，但从不耽误正常上班。最后，他将广告公司的工作经验带到了动漫行业。

那个喜欢布娃娃的姑娘，自学了缝纫、配色，还学会了设计。

那对喜欢音乐的农村兄弟，别具巧思，在最常见的蔬菜上一次次实验，让南瓜、土豆、大葱都变得会唱歌。

当他们谈到所从事的领域时，会滔滔不绝，眼睛会发光。

热爱让他们被这些事物吸引，专注则让他们忘记自我，将自身潜力发挥到极致。

这世界诱惑太多。当你在做一件事情时，总有些别的人、事来扰乱你的心神——或许，是家长“有什么前途”的抱怨；或许，是朋友们“你怎么和大家不一样”的冷落；也或许，是自己内心关于未来的纠结和挣扎。

然而，同样是做一件事，有人成了翘楚，有人却成了逃兵，有的人终成大器，有的人一事无成。当你摇摆不定、裹足不前时，请相信“专注”的力量。

（三）

“苹果”创始人乔布斯曾说：“专注和简单一直是我的秘诀之一。简单可能比复杂更难做到：你必须努力理清思路，从而使其变得简单。但最终这是值得的，因为一旦你做到了，便可以创造奇迹。”

乔布斯革新了智能手机行业，也革新了人们对于商人的印象。他总是穿着万年不变的T恤、牛仔裤，将所有精力都投入到苹果的创造上。

苹果主管设计的高级副总裁乔纳桑·艾维在接受采访时说，从乔布斯身上学到的最主要品质就是“专注”。乔布斯的专注，不仅是专注于当下的事情，还能拒绝那些干扰他的事情。

比如，有的创意很好，但不利于苹果的长期发展，乔布斯也会严厉地拒绝甚至批评。他也不太在意人情世故，因为他没有时间来关注这些产品之外的枝枝桠桠的事情。

他常说：“你的时间有限。”

专注的人，更有化繁为简的能力。

专注，源于天生的热爱，更是一种后天磨练出的美好品德。

专注，是清醒地知道自己在做什么，不浑浑噩噩，也不稀里糊涂。

专注，像是那穿石的水滴，沉默却充满力量。

人人都在高喊要做一个内心坚定的人，可又有几人能真正做到心无旁骛呢？

“如果你发现了自己爱做的事，你自然就会得到谋生的工具。”克里希那穆提的这句话一直提醒着我。人的一生，能遇见的机会、可尝试的事情太多，其逻辑应该是：寻找热爱之事、专注于当下，自然就能谋生；而非：为了谋生，总是寻找“有用”之事。

人生那么漫长，变化那么多，谁知道什么是“有用”什么是“无用”呢？

真正的自由，是千帆过后的豁然开朗

【引子】

“真正的自由的人能给人带来潇洒的印象的原因，是他们已经抛去了多余的束缚。”

——尼采

【正文】

（一）

曾经有一个采访，在一间茶室。

闹市中的一方天地。打开门，原木的地板、宽阔的房间，长长的窗台摆满了花花草草。下午的秋阳从窗户射进来，在地板上留下花草的影子，静静的。

脱下高跟鞋穿上棉布的拖鞋，盘腿坐在蒲团上，虽是工作，却像偷得浮生半日闲。

女主人穿着绿色的棉布裙，不再年轻，但气质温润。煮水，洗茶，缓缓晃动海碗，挽起袖子分茶。是祁红，慢品，香气四溢，又暖胃。

我在办公室也放了祁红，大碗冲泡，牛饮。“我是浪费了这好茶了。”笑着对女主人说。她也笑：“办公室里喝，人人都这样”。

瑜伽、琴、香、茶，目之所及，这些是她的生活。

几个忙忙碌碌的记者都羡慕得要死，简单、出尘、安静——这简直是最好的生活了。

同行的朋友介绍，她曾经是企业高管，风风火火，突然有一天觉得实在厌倦那样的生活，便辞职做公益茶室，不为销售，教茶道会收一点学费。

朋友说，她以前说话语速好快，现在都变得慢条斯理了。

“羡慕有何用，要先有物质基础才行！”

深以为然。不过，不仅是物质基础，还得有些别的沉淀。

（二）

有一阵，城市里兴起小资咖啡馆，朋友的女儿猫猫也是一个年轻的店主。

“我从小的梦想，就是开一个书店，门口卖花，又卖咖啡和果汁，我就窝在沙发里，看书、喝咖啡……想想都美好。而且，我自己挣钱了，就能脱离爸妈的管束了，自由啦！闲的时候，我还可以让员工看店，自己出门旅行。每年必须有两个月旅行时间，不能再少了。”

当时，猫猫的店刚刚开起来，用的是父母投资的钱，咖啡师是请来的，又请了一个店长做管理。

接受采访的时候，猫猫确是窝在沙发里，眼神有点儿疲惫。“找门面花了大半年，装修又花了大半年……”因为不懂经营，店铺选址光顾着好看却没考虑周边人群以及门面租金，更重要的是，由于修地铁的原因，那个路口很快就要被封闭了。

装修呢，心中想法太多，北欧、现代、日式、田园……换了又换，设计师也换了好几个，勉强弄出个样子来。

最后，还是做生意的爸爸出马，三下五除二给她搞定了收尾工作，又帮她找了咖啡师，联系了媒体做宣传。

“我爸说，就帮我到这里了，剩下的靠我自己。”猫猫爸爸的意思是，让她找媒体支支招，用“众筹”这个点，找点有经验的人进来，一起经营。

我问了猫猫几个问题：“咖啡店的成本大概多少？一天要多少营业额才可以保本？房租签了几年协议呢？如果附近修路怎么办？”猫猫只大致算了成本，知道房租签了几年，其他不可抗力原因，一概没有考虑。

也有人对咖啡店合伙感兴趣的，但生手跃跃欲试难有行动，熟手一看那个地理位置就退却了。

辛苦支撑了大半年，猫猫最终没有坚持下去，关张歇业。

猫猫的爸爸也是老朋友。他说：“年轻小姑娘，很多都有开个小店的梦想，花、书、茶、琴、咖啡、旅游……总得有那么一两样，才配得上‘自由’这个词。还一心想着经济独立，脱离“父母”魔爪，认为父母的生活太世俗。”

她们一心追求简单、自由、脱俗的生活，却很少去考虑需要为此而付出的成本。

开店吧，连“折旧”“投资回报率”的概念都不知道；也掌握不了什么具体的技能，分不清红茶、黑茶，磨不了咖啡，甚至连专业书籍都没看过几本。

最主要的是，开店是一件特别考验综合素质的事情，向外能社交揽客户，向内能管理懂财务，还要能耐得住寂寞。

他有意让猫猫受挫，也为女儿买得起单。但大部分年轻人根本没有这么好的条件。

年轻不知世事，把一切都看得轻易。

“岁月静好”不是眼见的表象，而是负重前行之后的淡然心态。

追求简单，不是浑浑噩噩不思进取，而是喧闹之后依旧从容。

（三）

马克思主义哲学有个原理，叫“否定之否定”。说一颗种子，长成麦苗，这是一重否定；麦苗长成麦子，这是二重否定——外表看起来，新长的麦子和那颗种子一样，可是它们已经大不一样。

未曾浸淫江湖，何谈归隐？

追求简单生活的猫猫，还是那颗种子，未经风吹雨打，哪能和经历千辛万苦才长出来的麦子一样呢？

很多人，明明是懒、拖拉、不愿受苦追求进步，却还一副“我超然物外不爱物质只追求简单的生活”，请问可曾见过物质呢？

以想走就走的旅行为吹牛的最高境界，丢下工作不顾父母甚至还卖身，不负责和自由并不是同义词。

身未动心已远，是很多人的状态，而真正的自在该是“身再远心未动”。

这位茶室女主人，也曾迷茫也曾到处行走，可如果没有丰富的工作经历、忙忙碌碌的日常生活，如何积淀出这么安然的心？

西方哲学家尼采曾说：“你并不自由，同时也仍然在寻找自由。废寝忘食地寻找，使得你时刻保持着清醒。”

“清醒”是一种自由，因为它代表了意志不受拘束、意识毫无成见、做事不随流俗、做人不合时宜的人生状态。“孤独”又是清醒者的必然。

有多少追求自由的人，真正耐得住孤独呢？

自己在哪里？不在远方，不在路上，而是心里。背负压力之后，再放下，才知轻松的真谛。戴着镣铐跳过舞，才知自由的深意。若一开始就不肯背负，那是逃避。

尼采还说：“真正的自由的人能给人带来潇洒的印象的原因，是他们已经抛去了多余的束缚。”

真正的修行，是在日常生活中。

【轻哲学】

尼采被认为是西方现代哲学的开创者，对存在主义哲学和后现代主义哲学的影响颇深。他的人生哲学大致脉络是：人生本质是悲剧的，但并非因此我们就要否定人生，可通过审美和“强力意志”，实现真正的自我价值，达到人生的自由。

“什么是自由？就是一个人有自己承担责任的意志。就是一个人变得对艰难、劳苦、匮乏乃至对生命更加不在意。就是一个人准备着为他的事业牺牲人们包括他自己……”

乖巧和叛逆，哪种女人会过得更幸福？

【引子】

人对外部世界首先应当尽力而为，只有在竭尽所能之后，才沉静接受人力所无法改变的部分。

——冯友兰

【正文】

我们身边有太多的“七月”与“安生”。

可是，我要说的这两个姑娘的故事，不像《七月与安生》那样激烈那样文艺。

她们分别是小南和小北。

（一）

小南是类似“七月”的女孩。

她文静、乖巧、安分、懂事。

小北是类似“安生”的女孩。

她叛逆、不羁、不守规矩、不好好学习，中学时就几次被记过处分。

她们是邻居，从幼儿园开始就同班。

小南从小就按部就班。平时上课，周末上补习班补数学、学琴；按照父母的建议填了师范类的学校，然后考研，成为一名大学教师，继续考博。

小北和小南完全相反。她成绩总是在中下游徘徊，早恋、翘课、打架；考了个三线城市的专科学校，未婚先孕；她坚持生下孩子，一毕业就成了单身妈妈。

当小南在严寒或酷暑的周末，不敢有任何偷懒地练琴时，小北正在公园闲逛。

当小南为了备战高考朝六晚十一，满脸长痘、成天缺觉的时候，小北正打扮得漂漂亮亮地恋爱、约会。

身边的大人们说起小南总是一脸赞许，说起小北却总是直摇头。

她们的故事，没有《七月与安生》那么狗血。

她们不是相爱相杀的好朋友，也不是一个人的两面，更没有爱上同一个男人。

小南不是一味听话就丧失了自我的“乖乖女”。

高校的工作，让她有了更多机会一边上班一边学习。她依然坚持着弹钢琴，活得优雅又知性。她嫁了同是高校教师的老公，生了活泼可爱的儿子。

她的人生，一直都在轨道上，不紧不慢地运转。

小北的人生，有些恣意，总免不了有意外“脱轨”。

生下孩子的头一年，她不得不寄住在父母家，带着孩子啃老。

老两口，从一开始的怨恨、以泪洗面、不好意思见人，到之后逐渐被可爱的外孙女逗乐，慢慢习惯别人的眼光，享受这样的幸福。

而小北，开始了她最拼的一段时光。

一出月子，她就去上班，白天去服装店当店员，晚上去和老裁缝学缝纫，再回家带孩子睡觉，大清早又起来恶补上学时根本没学好的服装设计知识。

每一天，她都像是个陀螺在转时，小南还在享受象牙塔时光。

后来，小北借了几万块钱到杭州开淘宝店，常常是背着孩子跑厂家、盯样衣、当客服、发快递。她也谈恋爱，男朋友换了好几个，但至今未婚。

十年过去了。

小南晋升副教授，小北自己的原创品牌也成了网红店铺。

（二）

小北和小南都是我的邻居姐姐。

从小，小南就是我们的榜样，小北则是负面教材。

可现在，小南和小北，这两个曾经完全不同的人，竟然都活成了相似的样子。

她们同样都漂亮，虽然一个走知性温婉风，一个是潮流时尚达人。

她们同样成功，虽然一个是学者，一个是商人。

这两个从小就互相羡慕又有点互相瞧不上的人，甚至可以每年都约着见一面聊一聊。

生活就是这样。

一路听话、成绩全A的优等生小南不一定就会过得木讷又乏味。

一路叛逆、标准“学渣”的小北也不一定就会穷困潦倒。

当然，更洒脱的小北也不一定比总是思前想后的小南过得幸福，更清楚自己要什么的小南也不一定就比横冲直撞的小北活得精彩。

如果把人生比作一场体育赛事，那么一开始的基础教育、中考、高考，都是热身运动。

经过高考这个分水岭之后，大家才正式走向不同的赛道。

有的人参加长跑比赛，有的人参加竞走比赛，有的人参加篮球比赛，有的人参加足球比赛……

任何选择，都没有对与错。

米兰·昆德拉曾说：“人永远都无法知道自己该要什么，因为人只能活一次，既不能拿它跟前世相比，也不能在来生加以修正。没有任何方法可以检验哪种抉择是好的，因为不存在任何比较。一切都是马上经历，仅此一次，不能准备。”

而我们每一个人可以做的事情，就是在当下努力，“努力使自己在自我之中，努力不至迷失方向，努力在原位中坚定存在。”

（三）

学生时代，学习成绩是唯一的评判标准，而当你真正接受生活的洗礼后，你会发现对“成功”和“幸福”的评价标准太多了。

就拿我自己的经历来说吧。

当初那个学习成绩总是倒数的姑娘，现在成了一家手工陶艺店的老板，过着简单、缓慢却专一的日子，把每一个花瓶每一个盘子都用心做成了艺术品。

当年那个其貌不扬、成绩也中不溜的男孩，凭借着自己的努力，从一个风尘仆仆的销售员做到了销售总监。

当年那个考上了北京一所985大学的学霸，居然放弃所学的专业，成了一名乐队的主唱，又张罗着一家演艺经纪公司。

当年那个意气飞扬、无数女生暗恋的学生会主席，考了公务员，成为一个朝九晚五、发了胖挺着啤酒肚的普通人。

当年那个在讲台上和我们说“中国哲学之滥觞”的同班同学，现在已经是两个孩子的爹。

当年那个文化课不行但很会画画的男孩，成了小有名气的室内设计师……

这些，全部都是我的同学，每一个都在热热闹闹、真真实实地活着。

我们这些曾经以分数为排名和彼此竞争的人们，一路奔跑到了不同赛道，最终都会变成一个普通人，走过人潮拥挤的大街，和每一个人平等对话。

我们会有幸福，也会有不快，所有的喜怒哀乐并无二致。

（四）

并不是想鼓励大家都甘于做一个普通人，而是想说，我们应该也可以乐于做一个普通人。

更想说的是，每一个看起来活泼泼的、过得还不错的人，都离不开“努力”。

没有一次考试能最终规定你的人生，但是否有“努力”的品质却真的能决定你的生活走向。

你如果偷懒，总会不得不在别的时候把汗水和泪水还回去。

小南跟小北说：“我以前总觉得自己肯定过得比你好，总有些骄傲在内心。后来才觉得，其实啊，生活会把我们大多数人都变成普通人。”

小北跟小南说：“我一边带孩子一边工作又一边学习的日子里，常常想到高三时，你房间那盏总是亮到很晚的灯。生活都会把我们缺的课补回来。”

努力和奋斗，不在此时，就在彼时，不在此地，就在彼地。

冯友兰先生在《中国哲学简史》里说：“人对外部世界首先应当尽力而为，只有在竭尽所能之后，才沉静接受人力所无法改变的部分。”

汗水落下之后、结果公布之后，才是“奋斗”和“努力”的最终归宿吧。

【轻哲学】

冯友兰，1918年毕业于北京大学哲学系，是中国当代著名哲学家。他曾在美国讲授中国哲学，写了一本英文版《中国哲学简史》，后来这本书被翻译成中文，成为很多哲学小白的入门必读之作。

而冯友兰本人，是中国哲学“新理学”的开创者。他提出了人生四境界：自然境界、功利境界、道德境界、天地境界。

第一境界，顺应自然，不强求；第二境界，初步觉醒，知道自己的目标，围绕目标而动，有了功利之心；第三境界，道德境界，用来约束第二境界，有可为不可为的区别；第四境界，除去对自身、对社会、对道德层面的认识，人类视野更加开阔，围绕宇宙开展顺应宇宙发展的活动。

竭尽所能改变可改变的，沉静接受无法改变的，就是方法论之一。

自己挣的应得，他给的是惊喜

【引子】

“你不能依赖任何人，事实上并没有向导，没有老师，也没有权威，只有靠你自己——你和他人，以及你和世界的关系——除此以外，一无所恃。”

——克里希那穆提

【正文】

我一直认为女人分为两种：大女人和小女人。

这并不是体现在她的出生，更不是穿衣打扮，也不是她经济独立与否，而是待人接物的态度、面对挫折的心态，是骨子里的那种感觉。

赵薇就是大女人。抛却事业和争议不说，赵薇对待婚姻和家庭的态度，值得人思考。

（一）

赵薇和黄有龙的婚姻很低调，也因此黄有龙显得神秘，唯一的一次公开发言也是去年“被禁入市”事件之后，他出来澄清说：“一切生意上的事情赵薇都不清楚，现在流言肆虐，我必须站在你身边，承受你一直以来默默为我承受的一切！”

赵薇的回应是：“以我的心路历程，我也不需要和任何人说什么或解释。如果要解释我只能说：谢谢你没爱错我，我一生问心无愧。”

见过大世面、看过人情冷暖的赵薇没有那么多公主心，也没有那么多功利心——虽然她的老公黄有龙经济条件不错，但她也只是找一个和她般配的人而已，而不是想通过他得到什么，也不是想通过他证明什么。

她曾在采访中说：“婚姻这个东西，我自己认为也是不值得去强求的东西。对于我来说，我甚至于是一个对婚姻不抱希望的人，而不是我对婚姻抱着很大希望去走进婚姻的人。”

她说：“我首先做好我自己，我的准则就是不给我的另外一半、不给我所谓婚姻的拍档去增加负担，我保持我自己独立的人格和独立的生活，对我来说我们是伙伴，我们可以是朋友。我觉得这是一个非常适合当下生活的模式，就是我去做最好的自己，对另外一半不会有过多的要求，我的底线就是尊重。”

这种“对婚姻不抱希望”，并非消极悲观地把婚姻当作任务，更不是不爱自己的老公和家庭，而是“不会希望借由婚姻，来得到什么或者达到什么样的目的”。

因此，她做好自己，不给伴侣压力，反而得到了细水长流且根深蒂固的感情。

现实生活中的大多数女性，和赵薇的思维模式是相反的。

一开始，找人结婚就是想要改变些什么。

赵薇说，很多中国人的骨子里，大概都有一种悲观主义的情绪在。这个体现在女人身上，这种悲观主义就会造成强烈的不安全感：总担心钱不够花、总担心老公要出轨、总担心孩子比不上别人家的孩子、总担心老了重病怎么办。她们把安全感寄托在找一个男人身上，让他带来更多的钱更好的生活更舒心的环境。

可是，当两个人成家，女人们又会发现，其实家庭生活是需要付出更多成本的，她们不断比较、不断有新的要求--遗憾的是，是对男人的要求。

（二）

读者Yummy告诉我她曾错过一段真爱。

Yummy与男友相恋3年，到了谈婚论嫁的时候，她“恐婚”。

“恐婚”的原因，是不满意。

“他家境不是很好，单亲家庭。父亲年纪大了，几乎没有可能帮我们照顾小孩，更不用说帮忙买房买车了。”

在Yummy的思维里，男方父母提供经济支持和帮忙照顾孩子是理所应当的。

“他人呢，挺善良的，但是不够浪漫，什么上下班接送、下雨送伞，这样的事从来都没有过。”

Yummy说，“也理解他事业上升期的忙碌，”但心里难免有怨气，“为什么别人家的男朋友就能那么体贴呢？

她说，他很爱她，脾气也很好。可是，嫁给他，好像不能过上更好的生活，那么找了他，能有什么用？”

Yummy最终没有和他在一起。可3年后，她依然没有找到遂意的人，他的前男友在朋友圈拍了婚纱照。他已经是公司华南大区销售总监。

不求诸己，反求诸人——这大概是“不满意”的根源吧。

我们总在想，找一个人，去改变自己的生活，甚至是改变一生。

可恋爱结婚的真相往往是：那些想治愈孤独的人，可能会更加孤独；那些想因为他而让生活更丰富多彩的人，依然是活在日复一日的枯燥中；那些想要提高生活品质的人，常常会生活得更加琐碎。

什么样的婚姻会很幸福？往往是“无目的”的，因为一切按照自己的节奏，没有希望从他身上获得些什么，反而得到了惊喜和快乐。

想一想，那些下雨天因为男友不送伞而生气的姑娘，如果你没有男友，难道就一直哭到雨停吗？

那些抱怨男友没有钱买更好的包包的姑娘，如果你没有男友，难道就一直容忍自己一辈子背地摊货吗？

那些总抱怨自己老公不求上进没有挣到足够的钱买新房的姑娘，如果你没有老公，难道就一直甘心总在租房搬家、租房搬家吗？

想说的真话是：太多的女孩表面上看起来是大女人，实际上却是满满的脆弱公主心。

很多标榜着独立自强的女权主义者，思维定势仍然是男人该怎样怎样的传统女人依赖心态。男人的给予和付出变成了理所应当，甚至认为他应该给得更多。

（三）

在一段成熟的现代情侣关系里，自己努力挣来的是“应当”，男人的努力、成就和付出应该看作是惊喜。

不管男女，总是抱着牺牲精神最恐怖——我是为了他才怎样怎样、如果不是他我会过得更好。

任何一种选择，都是为了自己。他事业不成功，可能你不舍的是他的顾家和温暖；他没有时间陪你，可能吸引你的是稳重的魅力；他即使再一无是处，也许你看上的是他的外表呢？只不过，选择的结果或许并不如你所愿。

婚姻是一种契约，当然，不是功利意义上的合作，而是精神层面的契合，基于感情基于责任。而一份长期契约的条件是你们在感情上势均力敌，每个人有每个人的价值，毕竟，你是什么样的人才会遇见什么样的人。

你有你自己的判断，也有你自己的世界，而不是想要依靠他来改变什么给你什么。你看，幸运、强大如赵薇，也是靠自己走到现在。

意外的惊喜是，当你不再对另一半有过多的要求、专注于提升自己，你反而遇见了更好的人。而且，一直要求自己而不是给对方压力，你们都会变得更优秀，并且感情也会更加纯粹和瓷实。

需要一提的是，并非每个独立认真的姑娘都能取得赵薇一样的成就。然而，在自己的能力范围内，做合适的事情，过匹配的生活，要求自己而不是指望别人--这是共性。

这篇文章，写给彻底是大女人的姑娘看，也写给那些自认为是大女人的姑娘看，更写给那些纠结在大女人和小女人之间的姑娘看’但不是给彻底是小女人的姑娘看的，毕竟，每个人都有自己的三观、生活方式和选择权利，能找到一个永远的依附也是一种实力。

【轻哲学】

印度哲学家克里希拉穆提在《重新认识你自己》里说了引文中的那句话。

他还说，有依赖，就不可能有爱。灵魂只能独行，因为我们都有能力决定自己的方向，却没有能力控制别人的道路。如果偏要把别人拉到你的生活轨道上，或者你要强行进入别人的世界，最终的结果无非只有两种：要么在自己的世界里等死，要么在别人的世界里被扯到四分五裂。

很多人以为婚姻是为自己买保险、找依靠，可实际上，婚姻和世界上任何一种关系没有什么两样，你不能依赖任何人。当这样想来、一路走来，你和他反而有了真正的自由和更好的关系——当然，这个“更好的关系”是可能的结果，但也不应该成为你“不依赖”的目的。有目的，生失望。

就怕，拿不起也放不下

【引子】

“君子求诸己，小人求诸人。”

——《论语》

【正文】

对于很多女孩来说，25岁左右正是个焦虑极了的年纪。不管是养生专家还是鸡汤写手都在告诉你：25岁之后，身体就在走下坡路，皱纹代替胶原蛋白，新陈代谢开始变慢，女人一定要怎样小心怎样努力怎样抓住机遇。事实情况也确是：身体的变化自己感受很深，比如晚上过12点不睡都要好几天才能补回来。

焦虑感更甚，如果摊上刚起步的工作和一份未定下的感情，一切真的是让人心酸。

（一）

这个年龄匹配的男人，如果不是“富二代”，那么必然也是处于事业起步期（如果能处于上升期那就真的谢天谢地了），车、房只能二选一，每月必然要背负各种贷款的压力，花钱不能大手大脚，逛逛商场、吃吃饭也许都要反复比较。

可是，朋友圈里总有那么一两个姑娘，找了个不错的“富二代”，不愁车房，送得起古驰、香奈儿，每天各种礼物、各种旅游、各种美照，刺激着那封闭在办公室已久的神经。

好久不见的高中好友林就是在这样的情绪下开始了持续3个钟头的抱怨的。

林和男友陈是大学同学，陈家在农村，在大学时也是个身材棒棒哒、运动极佳的小鲜肉。毕业之后，陈找了一份国企办公室的工作，对口、清闲，有足够的时间陪伴她，可就是钱拿得比较少。

国企嘛，论资排辈很严重。林掰着手指头跟我数：“从科员到副主任科员至少要3年，从副主任科员到主任科员又至少要3年。可现在我们毕业4年了，他还没搞上副科！”

“现在谁还在意那个啊，能拿到钱最重要。福利待遇好不就行了嘛。”我安慰。

“哪里啊！现在管得那么严，以前过年过节还能发点米面粮油，现在啥都没了。就说这大夏天吧，拎了两斤绿豆回家！”林猛搅碗里的绿豆汤。

“没事没事，不是说公务员什么的都要加薪么。”我再安慰，有点后悔煮绿豆汤给她。

“那是公务员，跟国企毛关系都没！你说我是不是应该跟他分手啊？”林无奈地说。

“如果你觉得不能跟他过一辈子，那就分手好了。”我淡定地出了“大招”。

“唉……是应该分手，不能耽误我找别人！”林有点愤愤地说。

“是的是的，想清楚了就好。要不现在就发信息？省得回去后悔。”我说。

“晚上回去再说，当面说比较好。”林怨气、怒气弱了很多。

接下来，林又开始分析不能分手的原因，比如“他其实一直对我挺好的，我都已经习惯了。”“我们大学就认识了，感情还是比较纯粹的。”“他除了挣钱少点，其他也没什么特别让我不满的地方。”

（二）

我们身边一定有很多这样的朋友，或许我们自己就是像林一样，总在分与不分、现实和爱情之间纠结，看不清未来，不满足现在，想要放弃又不舍，想要坚持又不甘心，有的时候觉得爱他爱得可以陪他一辈子吃糠咽菜，有的时候又觉得离开他自己能过更好的生活调

在这种反复无常中，不断地在情绪的漩涡里挣扎，并且投射到现实中，时而争吵时而冷战时而又腻歪得不行。两个人的感情可能也在这种无常中消磨殆尽。

她没有陪他吃苦的决心，羡慕别人100分的生活，扛不起他们

现在面临的压力；又没有离他而去的果断，放不下他们的感情和60分的现在。

不客气地说，这样的姑娘，一没有独立自主的能力，将对物质的需求绑在了男人身上；二没有强大的内心，不能面对分手之后可能面临的窘境；三是没有足够的自信，她们放不下的理由之一是“也许分手之后找不到更好的呢”想到之前很红的张丹峰和洪欣。张丹峰1981年出生，30多岁才因为《花千骨》里的“东方彧卿”一角而红；洪欣1971年出生，早在20世纪90年代就是香港著名的影视演员。

人们看到的是二人的姐弟恋因为张丹峰的“温暖”修成正果，很少有人看到当年洪欣面对一个无名穷小子时的压力。

洪欣离婚有孩，对比她小10岁的张丹峰，一开始是拒绝的。后来，她决心和他在一起，就努力排除万难。

两个人刚在一起时，张丹峰没有名气，收入很少，自尊心又强，两人的恋情还遭到亲朋好友的反对，可谓没有任何“天时地利人和”。

洪欣在接受访谈时说，自己每做一个重要的决定，先想最坏的可能性，问自己能不能承担。嫁给张丹峰时，她就问自己，如果他一直没钱，“我自己能不能照顾这个家庭”。

男人在物质方面自尊又敏感，比女人更甚。在现实婚姻里，这样的照顾，不仅是可以在钱财上支持，还是能够在精神上支撑。接受了“他可能会一直没钱”的最坏结果，两个人都开始调整心情，往好的方向想，一切努力向前，生活不就是这么“奔”起来的吗？

洪欣的好朋友蔡少芬也是如此。蔡少芬嫁给张晋时，张晋同样名气不大。但这从不影响蔡少芬变成一个“炫夫狂魔”。

结果是，张丹峰终于熬了出来，张晋现在的名气都快盖过蔡少芬。

（三）

莫欺少年穷，这是一句老话。放在现在的现实社会，每个人都有自己的价值观，如果一开始就嫌弃他穷，没关系，果断离开去找符合自己要求的就好。最怕的是，只想着和他一起享福，不能和他一起吃苦，却还每天负能量满满，搅乱自己的心神、他的心神以及两个人的生活。

两个人既然在一起了，肯定是因为有某些方面彼此吸引和契合：有的人看中感情纯粹，有的人看中志趣相投，有的人看中物质条件，多元社会，多样性格，都无可厚非，然而，想样样都符合要求，哪有那么好的事情？

这个年龄的焦虑与不安，内外夹击，唯有自己强大才能打败它。

要么放手去找你认为更好的，要么停止纠结，和他一起奋斗。

【轻哲学】

《论语》中说：“君子求诸己，小人求诸人。”君子总在要求自己，小人却总在要求别人。这句话，放在恋爱、婚姻中也同样合适。那个你当初选择的人，肯定有你选择他的理由。

无论做什么样的选择，我们都要明白：能改变命运的，只有自己。

为什么『吃货』反而有把生活过好的能力？

【引子】

“认识美的最重要开始就是吃。”

——蒋勋

【正文】

那天看《蒋勋谈美学》。

他说生活美学：“不需要谈些大雅之堂的事情，而是聊聊生活中点点滴滴的小事，因为对这些小事的重视和品位，会反映真正的生活美学出来。”

而“认识美的最重要开始就是吃”。

深以为然。

（一）

Kiki是我朋友圈里的“早餐达人”。

她做老母鸡汤，配着红枣和枸杞——瓷碗纯白，汤汁金黄，鸡肉软嫩、枸杞大红、小枣紫红，香味也像是要溢出屏幕，是冬天一大早温暖的慰藉。

她做蛋挞，鹅黄的挞身配着菠萝丁或西瓜丁，整整齐齐地排在原木板上，连间距都是一样，是冬日午后犒劳辘辘饥肠的满足感。

她做果茶，透明的杯子，小小气泡的苏打水，青边的柠檬，红色的草莓、西，黑色的黑加仑，闲闲地扔在里面，是夏天烈日下的凉爽。

她做意面，白色花瓣型的骨瓷盘，点缀着番茄酱、芦笋、鲜虾仁，一定要是有质感的金属叉子，配菜的水果也要摆放整齐。午餐时光也成了工作间隙美好的休憩……

即使是在工作日，Kiki的快手早餐也非常讲究。

她有天生嗅觉，搜得到市面上所有兼具颜值和美味的产品。

主食以三明治、扬州炒饭、沙拉为主，搭配快手饮料。

三明治、烤肠，一定会配着芒果汁、玉米汁或者红茶，同样暖暖的色调，像初夏早晨的阳光一样青春。

沙拉则配着青柠汁、薄荷茶，清新的抹茶绿和蔬菜、水果的搭配——我的天，简直让人想起那年夏天青翠山谷之间的漂流之旅，清凉又养眼。

唉，我也不知道为何一张早餐照片能让人想起旅游的欢乐。

大概是，美就是一种通感吧！打通了味觉、视觉、嗅觉，打通了任督二脉，让人神清气爽。

初认识Kiki时，去翻她的朋友圈。一个人的朋友圈，就反映了她的生活和工作，也能大致看出她是个什么样的人。

Kiki的朋友圈让我认定要和她做朋友。

她对美食的热爱那么强烈，那么善于发现生活中的小美好，即使工作再忙碌也愿意好好花时间来做早餐、经营生活——一定是个不错的人。

被我猜对了。她的好朋友们都叫她“生活家”。

在北京那样繁忙的地方，她忙忙碌碌地上班，却一定是闲闲地吃饭，鸡血满满地运动，又风风火火地开始自己的创业计划。

她把生活过成了五颜六色的样子。

Kiki说，生活需要一种仪式感。因为仪式感，生活方能成为生活，而不是生存。

不同色系食物一定要配不同色系的饮料，就是她的仪式感。

（二）

也有很多不讲究的人，一日三餐的快餐、外卖，只要吃饱即可。

这样的人大都不在意生活细节，基本上也对生活品质没太大追求。

相比而言，更喜欢总是晒食物的朋友，他们的生活就像是那些食物的照片一样，热闹闹的、活泼泼的。

喜欢那些颜值很高的餐厅，生活间隙，一日三餐的匆忙也变得诗意了起来；

喜欢那些又美又好的饮食小物，它们就是生活里的小确幸，像是河边彩色的小石子，让人的心情莫名变好。

这是生活中细碎的小美好，关于一蔬一饭、一茶一坐。

一天天的日子，就是这么变得活色生香起来。

中国说“口味”，西方说taste——饮食，不仅是口味，也是品位。

重视taste的女人，确实更有把生活过好的能力。

Kiki的“早餐日志”背后，也是手忙脚乱的早起、也是洗碗刷锅，也是日复一日的坚持。

可是，当大部分的人都在赶，都在忙，赶着上班、忙着开会的时候，她能够将这件美好的事情坚持下来，就是能力。

这样的能力，是能安安静静在厨房洗菜、烹饪、摆盘，也是独具慧眼和品位从市场上挑选出可口的合心的产品。

那可能是小区门口早餐店的一碗大白米粥，佐以白瓷碗、白瓷勺与绿色小菜；那可能是办公园区角落里一处静谧的日料餐馆，要好吃，也一定要适合拍照；那可能是星巴克的一杯瓶装星冰乐，当你在办公室焦头烂额、没有空去店内小坐的时候，也可以用它来慰藉自己的疲惫……

这种能力，是一双发现美的眼睛，是一颗敏感而雀跃的心，是一双行动力很强的巧手，是一种快乐轻快的生活方式。

这种能力，是对生活平等以待。

毕竟，在生活美学的范畴里，没有高官财主，也没有价高价低，有的是眼前舌尖上具体而微的食物。

做食物的人，对自己的最大尊重，就是把食物本身做好，达到颜值与价值的美的统一。

大家都在说“匠心”。什么是匠心呢?

在生活家、美食家看来，就是用一颗虔诚的心还原食材的本质，以健康的方式，达到色香味的统一，让获得它们的人得到快乐，哪怕是细微的快乐。

（三）

为什么一粥一饭的美好就能有改变生活的魔力呢?

蒋勋说“美”，还有一句话值得深思：在匆忙紧迫的生活里，感觉不到美。

我们总是埋头于电脑、文件、数据……日复一日，而忘记了看看这个城市灯火璀璨的夜景，忘记了公司门口那棵银杏树何时变得金黄，忘记了曾经爱吃的那碗牛肉面的热气腾腾。我们可能在描绘中未来的蓝图，却忘记了当下的美意。

就算是我们去追求某种艺术，如果我们是抱着提升自己或开阔眼界的目的而去，艺术都会变成了一种功课，背负非做不可的压力和负担，其实是看不见美的。

蒋勋说：“我很喜欢东方古老的哲学家老子的比喻。他说，一个杯子最有用的，是那个空的部分。”

《老子》曰：“埏埴以为器，当其无，有器之用。”

和泥来制作陶器，器具里只有有了中空的地方，这个器具才真正有了用。

一个早起的早晨，不用面对繁忙的工作，不用面对拥堵的城市，一方厨房、几种食材，那就是你一天中“空”的时刻。

“我们要强调的美，并不只是匆忙地去赶艺术的机会，而是能够给自己一个静下来反省自我感受的空间。你的眼睛，你的耳朵，你的视觉，你的听觉，可以看到美的东西，可以听到美的东西，甚至你做一道菜可以品尝到美的滋味。”

一次认真的早餐，不用面对枯燥的数据，不用没有感觉地吞咽快餐店里的菜食，让味蕾和胃开启熨帖的一天，就是身体享受美的时刻。

而那些不将就的美食、那些认真对待的细节，就构成了你不一样的生活。

那是你的专属快乐。

舌尖一绽放，心中便窃喜。

【轻哲学】

蒋勋，台湾知名画家、作家、美学家。他的文笔清丽流畅，说理明白无碍，兼具感性与理性之美，有小说、散文、艺术史、美学论述作品数十种。

美学是哲学的一个分支学科。蒋勋的美学颇具现代意义，他推崇美的生活方式，来抵抗忙。他说：“即使在大城市里，我们还是可以活得很悠闲。人要能自在、独处，不是依靠外在环境，而在于心灵的感知是否敏锐。”

chapter 03

10万+的轻装力：不焦虑，不逼迫

举重若轻 是一种特别的能力

【引子】

“他人即地狱。”

——萨特

【正文】

在瑜伽馆认识了两个不同性格的姐姐，一个是Linda，一个是Lucy。

Linda和丈夫都是年轻的大学教师，挣得不是很多，但精神世界丰富，有一个可爱的儿子。Lucy呢，丈夫有自己的公司，自己也有工作，经济条件不错，有个女儿。

她们同岁，但看起来Linda比Lucy要至少年轻5岁，虽然Linda总是素着颜，穿棉T恤、亚麻裤子。

她们对待生活的方式有很大不同。

(一)

Lucy是吐槽大王。老公忙着赚钱时，她说半个月都没回家吃晚饭；生意淡季，她又说老公天天躺在家里没有上进心。孩子考试考得不好，她不敢带女儿出来和朋友聚餐，怕别人问起“丢脸死了”；孩子考得还不错，她抱怨现在的教育体制把孩子逼得太累。更可怕的是，她时刻关注老公孩子的一举一动，打电话的口头禅是“你在哪？在干嘛”。她怪老公不带孩子，却不放心让他独自带着女儿来一次周末旅行。

她说Linda：“哎，你就好了，大学工作多轻松，还有寒暑假，老公也能帮着带孩子。”

Linda一笑置之。其实，谁容易呢？大学科研压力很大，即使暑假也要到处学习或者留校值班；工资收入不高，他们给孩子报的班不多，但会利用一切机会带孩子出去旅行，谁有空谁带孩子出去。

Lucy有一种与生俱来的沉重感，她好像总是不快乐，整个人的状态是急吼吼的，常常会表现得手忙脚乱，即使是瑜伽课，她也常常中途跑出去接电话，高声而急切。Linda呢，总是轻快的，把生活安排得井井有条，慢条斯理。Lucy的女儿总是眉头紧锁，看起来很累的样子；Linda的儿子看起来却阳光极了。

沉重感背后，有一个心理学概念“镜我”，镜子代表他人，一个人的“自我”是由别人对自己的态度所决定的。活得沉重的人，往往非常在意别人对自己的看法。

Lucy的每一次吐槽，是想得到积极和正面的回应，听别人夸她能干和幸福，从而确定她对自己的积极认知。

就像一些喜欢在朋友圈发牢骚的妈妈，她们说带孩子多么辛苦、孩子多么懂事，是想别人评论她认可她，从而来确认她是个好妈妈。

你会看到，人越长大越不喜欢和人吐槽、抱怨，越成熟越觉得生活之不易没什么好说的，不是我们的人生变得容易了，而是我们自己变得更强大、更坚定了，已经不需要靠别人的言行、态度来证明自己。所以，越强大的人越不会在意周边嘈杂的声音，他们会听从自己的心。

萨特说“他人即地狱”。他人会约束自己的自由意志，这是社会道德律令存在的基础，可某种程度上，始终背着“他人”包袱的人，会很容易“重”。那些在不伤害别人的前提下，把“他人”丢下的人，会轻松很多。

东方人的传统思维里，“沉重”是一种惯性存在。

比如，很多的中国式父母，容易把开心与快乐全部建立在孩子身上，很担心别人说他们不称职，甚至会放大焦虑，儿女的一句话都可能让他们难过半个月，孙子一餐没吃饭都能让他们紧张一天。

这种焦虑情绪下长大的孩子会怎样呢？可能也会持续这种沉重，很难做到洒脱。

西方的思维方式，则要轻松得多。西方式父母，更多的是有自己的生活，也更自然地把孩子看做独立的个体。

轻松和沉重，是两种不同的生活方式。

没有对错。只是，希望大家都能活成那个举重若轻的人，这样，才能拥有更强的“快乐力”，才会更加幸福呀。

（二）

我并不是说他们都在放大痛苦，因为生活确实不易，所以举重若轻的能力才显得尤为重要啊。

张家四姐妹当中，特别欣赏二姐张允和。她的丈夫是“汉语拼音之父”周有光，不过刚结婚时，他也不过是个有才华的文艺青年而已。

张允和曾说：“命运为了锻炼我，把最难的题都留给了我一个人。”

1937年，日军发动侵华战争，她带着年幼的儿女与周有光辗转逃到四川。期间，女儿小禾因阑尾炎救治无效而不幸夭折；儿子小平被流弹打中肚子，肠子穿了6个洞，手术及时才保住性命。她与周有光还常常不在一起，独自带着自己和亲戚家老少十几口人辗转迁徙。

甚至是，早在1959年，她因为严重的心脏病被医生判处死刑，她也挺了过来。

张允和历来积极乐观、侠义心肠。她会把凄凉的“落花时节”说成欢悦的“丰收时节”，还问：“秋高气爽应当精神焕发，为何‘秋风秋雨愁煞人’？”

86岁，她自学电脑，编辑了一份家庭刊物《水》，甚至都传阅到欧美，很多当时的大家都是忠实粉丝。

她始终保持生活的仪式感，和周有光恩爱有加，晚年时同在一个书房，一个研究语言一个听听昆曲，但每天必有两个“中场休息”时段：上午十点来道茶，下午三四点来杯咖啡。喝时，两人把杯子高高举起碰一下，还有个四部曲“举——起——敬——收”，戏称“举杯齐眉”。

她93岁去世，离世前夜还与来客谈笑风生。

米兰·昆德拉在《被背叛的遗嘱》中说：“生活，就是一种永恒沉重的努力，努力使自己在自我之中，努力不至迷失方向，努力在原位中坚定存在。”

生活已经如此之艰辛，云淡风轻是一种乐观的态度。

（三）

当然，我要说的是举“重”若轻。

重是责任、道德约束、生活不易，轻是一种乐观的态度。

《不能承受的生命之轻》里，米兰·昆德拉塑造了一个“过轻”的形象。萨宾娜是一个画家，漂亮、任性，一生不断地背叛，不婚，但不停地谈恋爱。她的人生，没有道德边界，也没有行为约束，甚至讨厌忠诚与任何讨好大众的媚俗行为。她的人生没有责任、非常轻盈，也正因为这“轻”，让她感到自己的人生存在于虚无当中。

米兰·昆德拉说：“最沉重的负担压迫着我们，让我们屈服于它，把我们压到地上……负担越重，我们的生命越贴近大地，它就越真切实在。相反，当负担完全缺失，人就变得比空气还轻，就会飘起来，就会远离大地和地上的生命，人也就只是一个半真的存在，其运动也会变得自由而没有意义。那么，到底选择什么？是重还是轻？”

轻生活，有两种：一种是一开始就轻慢生活，认为一切无意义，就按照原始欲望的“本我”来活，爱情上反复背叛，感情没有温度，生活一直漂泊，是不负责任的犬儒主义，成了“不能承受的生命之轻”；另一种，是积极的悲观主义者，懂得生活之重，却愿意轻装上阵。

人一生都在不断地寻找自己，那些坚定的人，总是能看到“自我”的力量。

他们明白自己是什么样的，不用靠别人的评判来证明，所以能够不受他人干扰，也不会总把希望绑在他人身上。

他们懂得生活的真义，看透了一切都终将归零，所以能做到不以物喜，不以己悲。

但他们并不是虚无主义者，他们特别明白人生旅途中过程的美好，所以能学会享受当下。

愿我们都不轻慢生活，却能举重若轻，对生活温柔以待。

【轻哲学】

萨特，法国著名哲学家、文学家、社会活动家，是存在主义哲学创始人。“他人即地狱”是他的戏剧《紧闭》中的一句台词。

《紧闭》是一部独幕剧，三位有罪在身的人被关在地狱里。但是与想象中的不同，地狱没有各种刑具，也没有火焰，更没有行刑人，有的只是一间第二帝国打扮的客厅、三张躺椅、一座青铜像，和一盏永不熄灭的电灯。主角三人相互迫害又互相需要，最后他才发现原来地狱根本不需要什么刑具和行刑人，因为他人就是地狱。

“他人即地狱”有很多解读，萨特本人也曾说，许多人误解了他的意思。他并非对人与人的关系完全悲观，而是想说，人只有通过自我选择才能获得自由，而不是他人。

敢给生活按暂停键，是一种底气

【引子】

“一个人越是有许多东西能够放得下，他越是富有。”

——梭罗

【正文】

我们花一年多的时间学会了奔跑，却要花一辈子的时间选择停下脚步。

北京地铁的早高峰，我被推进了地铁。人很多，很嘈杂，但嘈杂的似乎不是人声，而是某种气氛，唯一能听清楚的声音是工作人员“先下后上，注意安全”的喊声。

下了地铁，罐头里的沙丁鱼们全部往一个方向走去。“噔噔噔噔”的脚步声，一下下重重地踩在脑子里，节奏一致。

这是大多数人每一天都要面对的“冲冲”和“匆匆”的生活。

我知道生活不易，所以“暂停”才是一种很特别的能力，更是一种底气。

托尔斯泰曾说："如果有人问我，有什么最重要的和最有用的忠告可以给我们这个时代的人，我只会说，以上帝的名义，暂停片刻，放下手中的工作，看看周围的世界。"

（一）

几年前的全国两会采访，我负责全国政协会议的报道，认识了陈。她是某知名媒体的星级记者，是圈内的佼佼者。

全国政协会议里，有很多明星委员，比如体育组的姚明、刘翔，文艺组更是公众人物云集，像莫言、赵本山、冯小刚都在。

大多数记者都只认识脸熟的影视、体育明星，一看人来，就一窝蜂地挤上前，千篇一律地问："您今年带来什么提案？"

但陈不是，她甚至能迅速认出医卫界、科技界这些冷门领域的重点委员，问出诸如"医疗改革、量子卫星等非常专业的问题。每一个问题都不同，一定是结合委员本身的研究领域和最近言论来问的。

全国政协委员们非常认可她的专业，甚至愿意留下联系方式。到了第二年，陈往往都能约到专访。

我们都佩服极了，常常问她怎么做到的。

她说，第一次报道两会，提前一个月就开始看名单、浏览新闻，把一些重点人物列出来，背资料、记人脸、写提纲。如此做了3、4年。到第5年，她认识了很多人，有了不少资源，也还是会提前半个月做准备。

记者做到这份上，有能力、有人脉，不管是走专业记者的路，还是混圈子，都应该能过得很好了。

可是有一天，陈发来微信：“亲爱的，我准备辞职了。”

我很惊讶。她说：“每次出去，人们介绍我肯定都会说某某媒体陈记者。”知道这是尊敬，但同时也清楚，很多光环并不是自己的，而是所在的平台给予的。

“我想休息一段时间，看看离开这个平台，我会是谁。”

辞职后，陈做了很多事情，去了一直想去的云贵川贫困山区，又跟在一个相熟的社会学教授后面，做了很多有关中国民间戏剧的田野调查。大半年后，她重回校园，考上了社会学硕士，致力于非物质文化遗产的研究。

太多人的人生都在冲冲冲，尤其是在前途一片向好的时候根本不舍得停下脚步。

我们不敢，因为担心一旦停下，就会前途难卜、满盘皆输。

可是，“暂停”是一种厚积薄发、博观约取的能力。

（二）

有一个哲学家，把“暂停键”用到了极致。他是梭罗，美国著名的作家和哲学家，《瓦尔登湖》的作者。

梭罗毕业于哈佛大学，毕业之后做过中学教师，也曾和哥哥约翰做过私立学校的管理工作，协助当时已经很有名的美国文学家爱默生编辑评论季刊《日晷》。

梭罗对自然和人本身的探索是孜孜不倦的。他还是废奴主义的倡导者，到处演讲，抨击逃亡奴隶法。

26岁时，和梭罗关系非常好的哥哥约翰死于破伤风，这件事给了梭罗一定的打击。29岁，梭罗到了瓦尔登湖畔，离群索居。他自己砍树搭房子，自己种菜，持续了两年多的时间。

他听到第一只报春的麻雀在叫，感受一年在年轻的希望中开始。他说，一座湖是风景中最美、最有标签的姿容。他看到一条鱼跳跃起来，一个虫子掉落到湖上……

“时间只是我可供垂钓的小溪流。我饮用的是小溪里的水，但我一边饮用，一边看着小溪底层的沙土，发觉它是多么浅啊。溪水悄悄流去，然后永恒长存。我会尽情痛饮，我会寻摸到布满鹅卵石般星星的苍穹。”

他给自己的人生干干脆脆、完完全全地按下“暂停键”。他当然也曾觉得寂寞，也曾有过内心的失望和冲突，最后却在四季更替中感受到了另外一种不可多得的幸福。

“再没有人比自由地欣赏广阔的地平线的人更幸福的了。水天相接，美好的终极。广阔的世界，孑然一人，多么奇妙的组合。”

是完全一人吗？也不是。梭罗也很喜欢交际，只要有外界的人来，“我一定像吸血的水蛭似的，紧紧吸住他不放。”他和诗人、哲学家、渔民、猎户交谈，只是，这里的交谈与外界的交谈不一样，没有那么多虚头巴脑的应付，多的是最自然的感受和内心的想法。

这是一次脱胎换骨的“暂停”。两年后，梭罗从瓦尔登湖畔重新走回“文明世界”，往“超验主义”哲学家的方向越走越远，并于6年后出版《瓦尔登湖》，一时间洛阳纸贵。

“暂停”并不是为了遁世，而是给自己的人生留一段空白，清理自己的脑容量，重新思考与整理。

（三）

任何人都有被仰望和轻视的时候，只有他自己知道自己该是什么样的人，可以是什么样的人。

我们行走在这座叫“生活”的城市，没有导航、没有地图，跌跌撞撞，有时走进平坦大道，有时走进死胡同。每一个人都在赶路，急匆匆的、风尘仆仆，常常忘记自己一开始最想去的地方。

于公众人物，“暂停”可能是从台前走向幕后的学习；于普通人，“暂停”可能是一个月一次的小结，是一年一次的旅行，是每月一次的“辟谷”，是每周一次的静坐，甚至是下班后回家前半小时的车内独处……

“暂停”是给自己一次清空的机会，想清楚自己到底和可以是什么样的人。

大多敢于按下暂停键的人都是聪明的人，不仅有清醒的头脑，还有自律的能力。

“暂停”是一种智慧，为了更好地重新出发。

【轻哲学】

梭罗是美国哲学家，超验主义代表人物，还是一位生态主义哲学家。他相信人能凭直觉认识真理，在一定范围内，人就是上帝。

当时，美国已经在迅速发展。在梭罗看来，现代文明、商品化社会影响了人对于真理、自我的追求。所以，他试验了瓦尔登湖畔的“零物欲”生活。

他说："人类已成了他们的工具的工具。"这和中国诗人陶渊明所说的"心为形役"内核相似，与中国哲学中的道家学说也有相通之处。

于我们这些俗世中的普通人而言，我们不可能完全做到归隐，但减少不必要的物欲和"暂停"却是必要的。

愿你学会整理一切，轻装上阵

【引子】

“五色令人目盲；五音令人耳聋；五味令人口爽；驰骋畋猎，令人心发狂；难得之货，令人行妨。是以圣人为腹不为目，故去彼取此。”

——《道德经》

【正文】

周六，拖完地，清空所有的垃圾袋，整理好冰箱，跑步，洗澡，捧着一杯茶坐上阳台，刚洗的衣服在风中轻轻飘舞，楼下的金银花送来阵阵幽香。生活需要这样的时刻，房间干净整洁，阳光正好，胃里没有多余的食物，出了一身汗，脚步都变得轻快。

（一）

你大概也曾有这样的时刻吧，整理好房间和自己，暂别闲事，心情也变得明媚起来。

这是“轻”的力量。

日本姑娘近藤麻理惠，靠着过人的“整理”艺术被美国《时代》杂志评为“全球最有影响力的100人”。

“近藤式”整理已经被称为“艺术”或“哲学”。她从小爱好整理，成为在全球飞来飞去的“整理咨询师”，还出版了图书《怦然心动的人生整理魔法》。

“整理”看起来是一件多么寻常的事情，竟然能让她成为一个影响世界的人，确实让人觉得不可思议。

再细看近藤的收纳故事，打心眼里生出无数个认同。

近藤的收纳核心，是让家展现出“只被喜爱事物围绕的幸福场景”。所以，要想进行一场彻底的“近藤式”整理，意味着要扔掉很多东西。比如，将一些书送人，将不再穿的衣服扔进垃圾袋里……

仔细想来，每个人的生活里，有多少已经很久没有打开的书、可能一辈子都不会再穿的旧衣服、堆得自己都忘记了的杂物啊！

根据近藤的统计，她的顾客们至今共运走了两万八千个垃圾袋，估计丢掉了一百万个以上的物品！而这个数据，还在不断上升中。

经过整理之后，原先杂乱不堪的房间变得整洁干净，颜色漂亮，甚至连光线都变得明亮起来。相信每一个看过整理前后对比图的人，都会有心情变好的感觉。

有一句话说，你的房间就是你的生命状态。这句话确实有几分道理，总是愿意把房间收拾得干干净净的人，怎么也不会是一个拖拉懒散、对生活不抱希望的人。人们的幸福感会因为居家环境干净整洁而提升；生活在凌乱肮脏中，连外人看一眼都会觉得心情不好，何况天天住在里面。

我们在生活中，总会认为“这个可能还会用上”，积攒下很多很多的杂物。近藤麻理惠说，在扔东西时，选择物品的标准是“触碰时有‘心动感’吗？”

这个标准简直放之四海而皆准！

“整理房间之后，才能发现心中真正的渴望。因为自己真正喜欢的事物的根源，即使时过境迁也不会改变。而且，整理绝对能帮助你发现这个根源。”——近藤麻理惠

（二）

日式“轻生活”正在不知不觉中影响着人们，整理房间容易，整理生活不易，生活中的选择和放弃并不像扔掉一些衣物那样轻松。

前几天，采访了一个让人很舒服的金融公司老总，就叫她琪姐吧。她是难得的践行着“轻生活”的人。

琪姐是小镇姑娘，20岁大专毕业，27岁时，她做到了中国工商银行一个县城支行副行长。按照家人和周围人的标准，年轻有为、稳定、有地位、有上升空间，做梦都可以笑醒。然而，她放弃了行长职务，选择应聘市里一家支行的普通客户经理。

好歹还是“四大”银行，有保障，家人也不再说什么。正当她

的事业发展得很好时，一家民营银行进驻该市，琪姐辞去国有银行的稳定工作，选择去了民营银行，又是从普通客户经理做起，一直做到了支行行长。不久，她又做了令家人难以置信的选择，辞去行长职位，去了一家民营金融机构，做职业经理人，面对更大的挑战。

在外人看来，琪姐的选择似乎都是逆常理而行，而在她自己看来，这是脉络清晰的选择，是整理自己工作和生活之后做出的决定。

家人的意见、同事的不舍、领导的挽留、在岗位积累的人脉关系……这些塞满了她职业和生活，离开就意味着要放弃很多。

琪姐说，其实人生就是一个房间，我们不断地往里面塞东西，好的坏的都有，比如经验、人脉、金钱，日益增多的脂肪……甚至，你的身边人也会不断地将各种各样的话语、意见塞进你的柜子。久而久之，你的房间越来越满，这些东西会反过来，湮没你本身的样子，让你忘记原本的喜好，在其中挣扎。

有的时候，你不得不果断选择和放弃。

琪姐“整理”的标准和近藤类似：这些东西能不能让我心动？能不能一想到就充满热情？如果没有，那就放弃，选择能让自己心动的。她的工作、生活都被归类，适时丢弃不必要的东西，在忙碌中找到让自己心动的主脉络，整理，然后选择。

很多人都会有“乱如麻”的时刻。

脏乱的房间，堆满了各种各样的杂物，早上着急得连一双匹配的袜子都找不到。

繁忙的工作，在各种会议、指标、应酬之间周旋，到最后却可能成了“有一种失败叫瞎忙”。

满当当的生活，在家务、孩子与人情关系之间拉扯，日复一日筋疲力尽。

还有一种“乱”，是在感情上，受伤后沉溺在过去中不可自拔；是在工作中，面对新的机会瞻前顾后，想要更好的又放不下现在的舒适……

不管是房间、工作还是生活，“乱”的本质原因是“什么都想要”。

（三）

整理哲学，是放弃哲学。

《道德经》里说：“五色令人目盲；五音令人耳聋；五味令人口爽；驰骋畋猎，令人心发狂；难得之货，令人行妨。是以圣人为腹不为目，故去彼取此。”

那些你以为你会用得上而搁置已久的东西，那些明明没那么重要的应酬，那些已经离去你却总是舍不得的人，那些你过于执着的欲望……扔掉他（它）们，原来生活可以更好。

琪姐说，物质的简单能让人变得轻盈，人际关系的简单能让人变得高效，生活的简单能让人变得快乐。

值得一提的是，琪姐在生活中同样也是个善于整理的人：不再看的书送人，定期清理衣柜，不漫无目的地逛街买用不上的东西，家里保持整洁干净。

和近藤麻理惠一样入选《时代》“全球最有影响力的100人”的，还有苹果CEO库克、小米创始人雷军以及很多鼎鼎大名的人。他们以科技改变人们的生活，近藤靠整理改变人们的生活，本质上是一样的，让生活更美好。

近藤的部分顾客痘痘消了，还有人体重变轻了。琪姐的新工作干得不错，她的生活方式还影响着公司里的年轻人。

花一点时间，去观照自己的内心，问问自己真正的需要，整理一切，轻装上阵。近藤在书的最后说“我觉得整理作业应该尽快结束，因为整理并非人生的目的”。

【轻哲学】

《道德经》里说，颜色太多让人眼花缭乱，声音太多让耳朵分辨不出，味道太多让人觉得舌头失调，总行打猎让人身心发狂，稀奇的宝贝让人为了得到而不择手段。所以，圣人只是为了维持生存生活，有选择性地取舍。

《道德经》强调道法自然。哲学上，“道”是天地万物之始之母，阴阳对立与统一是万物的本质体现，物极必反是万物演化的规律。伦理上，主张纯朴、无私、清静、谦让、贵柔、守弱、淡泊。政治上，主张对内无为而治，不生事扰民，对外和平共处，反对战争与暴力。

“轻生活”并非完全遵循道家思想，但也主张减少物欲，无论是房子、身体还是生活，都应该腾出空间。

真正强大的人，都能和过去划个分割线

【引子】

“过去事已过去了，未来不必预思量；只今便道即今句，梅子熟时栀子香。”

——李叔同

【正文】

孙俪此前接受《新京报》采访，非常圈粉。

她拒绝人设。说起始终能演绎好作品，她没有说自己多努力，而是——“我靠演戏生活啊，我如果都不钻研、打磨我的演技，怎么生活？”

说起和邓超的感情，她不秀恩爱不炒作，说网上流传的故事都是编的，“我们和普通夫妻一样，你们有的烦恼我们也有，你们有的开心我们也有，生活平常而普通。”

冷静自持，是一个踏实工作和生活的“真人”，而不是塑造的

“人设”。

邓超和孙俪，把生活经营得很好。其实，他们都出生在“复杂”的原生家庭。

（一）

孙俪出生在上海的一个小弄堂，12岁那年父母离婚。母亲带着孙俪，在商场做售货员，下班后又去做保洁，生活很艰难。

孙俪从小就很懂事，15岁开始当文艺兵、跑龙套，凭借《玉观音》走红。这才有了后来的故事和生活。孙俪也曾对父亲有过怨恨，但之后选择了和解，与继母、同父异母的妹妹都保持很好的关系。

邓超出生在重组家庭，母亲带着大姐，父亲带着大哥和二姐。从小，家里的气氛就比较微妙。邓超少年时是“问题少年”，染发、蹦迪、翘课、打架，还曾离家出走。

父母对邓超的要求严格，不苟言笑的父亲动不动就棍棒教育，他们的关系一度在冰点。邓超刚刚入行时，家中的变故就接二连三，先是大姐得了癌症，后来又是父亲得了尿毒症……

孙俪和邓超，两人都是经历过苦日子、经受过生活磨难的人。他们是心智成熟的大人，知道名气和金钱的来之不易，懂得爱情、亲情的可贵，更加珍惜自己的羽毛和家庭。

他们的原生家庭并不完美，但他们并没有陷在负面的情绪里，反而是从中得到了正面的影响，更加懂得经营自己的婚姻。

孙俪喜静，邓超好动。孙俪从邓超身上学会了开玩笑，邓超也从孙俪身上学会了“死磕”精神。

他们同样重视家庭，不拍戏时，就陪在等等和小花妹妹身边，微博上的日常成为很多人羡慕的生活，“一家四口，邓超最丑”全网皆知。

（二）

自从“原生家庭”这个词火了之后，很多人都试图从“原生家庭”里找“不幸福”的根源。

一位心理咨询师朋友曾分享一个案例，就叫咨询者兔子小姐吧。

她曾是个极度的悲观主义者，甚至有点儿犬儒，喜欢将“人生好没意思”挂在嘴边。

兔子小姐很漂亮，但没有自信，邋里邋遢，不管理体重；她聪明、思维敏捷，但做事情总是三分钟热度，频繁跳槽，很难在一家公司超过半年。

也觉得自己的状态不好，但很难下决心改变。“都怪我的原生家庭。”她说。

兔子小姐的父亲是个酒鬼，童年印象最多的是醉醺醺的父亲、哭啼啼的母亲和乱糟糟的家。初二那年，父母离婚，她被判给父亲，跟着爷爷奶奶过。

她从小就有非常强烈的被遗弃感，内向，父母离婚后一度偷偷自残。高二，父亲带着一个女人和弟弟回了家，她更加地怨恨，与父亲争吵、离家出走。

她说，一度认为自己活不过30岁。

大学时，她爱上渣男，“好像只有在这样受虐的感情里，才能获得存在感。”

有一个很温暖的男生在追兔子小姐，她不敢接受，“我配不上。”

后来，那个温暖的男生带着她来做心理咨询，她才真正面对自己的内心。她曾经把一切归结到父母，“因为从未得到肯定，所以我很不自信；因为从小缺爱，所以我不敢爱……”

找到自己的潜意识，她才顿悟是自己的“胆小”和“逃避”影响了自己的人生。

因为自身的懒散，怕在一个公司待久也做不出业绩，所以频繁跳槽；因为不想被束缚，所以不愿意“以结婚为前提”的认真恋爱；因为自己的眼高手低和进取心不强，所以遇事总想着推卸责任……

她也转身来“回视”自己的父母，才觉他们并非一无是处，他们总是在竭尽所能供她上学，父亲甚至卖了房子送她出国。

兔子小姐最后接受了那个温暖的男生，开始了日常细碎的生活。她慢慢地改变，考进国际学校当老师，学着与公婆相处，定期和父母吃饭……

她的生活，当然也有很多烦恼和争吵。她不再会说：因为我父母怎样，所以我怎样。

她跳出了自己的“画地为牢”，拿掉了那障目的叶子，抛掉了“他们对不起我”的思维，看到了除自己以外的亲人。

（三）

一个人的原生家庭从来不应该为他的不强大和不幸福背锅。

美国脱口秀女王奥普拉的父母没有结婚，她母亲未婚先孕，两人在她出生后便分手。奥普拉在外祖母的照料下长大，半文盲的姑姑给她取了名字，半文盲的祖母把从教堂里听来的圣经故事讲给她听。

6岁时，奥普拉搬去与母亲同住。但好日子并没有到来，甚至在9岁时被堂兄强奸，受到亲戚虐待。

从小就不受欢迎的奥普拉成了“太妹”。她和母亲关系紧张，常常吵架，甚至为了要一个时髦的眼镜在家里打砸，偷走母亲的钱包，然后报警说是家里遭贼。

14岁时，她还生下过一个孩子，不过孩子出生不久就夭折了。

母亲无法管教她，把她送到了父亲家里。父亲和继母的严厉，让奥普拉迎来了新生活，将自己的天赋充分释放。

1977年，她主持脱口秀《人们在说话》，初尝成名滋味。1985年，《芝加哥早晨》直接更名为《奥普拉·温弗莉脱口秀》；她还有了自己的公司、杂志，获得美国“全国电视艺术与科学学院的终身成就奖……

能从泥淖里爬起来的人，并不容易。但原生家庭，从来不是一个人的不可逾越的“原罪”。

就连《欢乐颂》里的樊胜美，换个角度来看，都是在努力摆脱原生家庭烙印的人。

虽然在物质上，她深受家庭拖累，但在自我的成长上，她和哥哥是两个相反的方向。哥哥深陷父母思维的窠臼，变成了和他们一样的吸血虫式的人。樊胜美却独立、自强，靠着自己的能力在上海谋得一席之地。

樊家大哥以后可能还会继续榨干自己的孩子，但樊胜美则断不会模仿她的父母去向孩子无尽索取。

在心理学上，并没有简单的归因。

“原生家庭”对人的性格有影响吗？有，但并不是唯一的，也不是决定性的。

就像是天冷可能会导致感冒一样，不能一感冒就怪天冷。

没有一个家庭是完美的。每个父母都有自己的优点，每个家庭都有自己的小幸福和小温暖。

在现实的困境面前，“甩锅”给原生家庭是一件最容易的事情。但有的人，不断重复地怨恨自己的父母。有的人，却从原生家庭里得到教训，避免那些父母掉过的坑，就像孙俪和邓超，反而倍加珍惜那些幼时未曾拥有的东西。

“过去事已过去了，未来不必预思量；只今便道即今句，梅子熟时栀子香。”弘一法师的这首诗被很多人奉为座右铭，只有懂得和过去划个分割线，才能更加期待梅子熟时的栀子香。

【轻哲学】

李叔同一生传奇，从日本留学归国后，剃度为僧，法名演音，号弘一，晚号晚晴老人，后被人尊称为弘一法师。丰子恺是他的学生，他的书法作品《放下》曾拍出471万元的高价。

什么样的感情八年都不会痒？

【引子】

“当愉快的心情敲你的心扉时，你就该大大的开放你的心，让愉快与你同在。”

——叔本华

【正文】

徐静蕾活成了娱乐圈的另类。

不结婚、冻卵子、坚持自己——徐静蕾随便一个标签就会甩出一条大新闻。

和男友黄立行相恋8年，不要结婚证的保障，也不要孩子来维系，他们依然很幸福。

到底她有什么魔力？

（一）

常常在想，为啥火的总是她？

还不是因为她做了和大众世俗想法不一样的事情么。

她总在挑战大家对她的印象，从文艺片《一个陌生女人的来信》到都市职场《杜拉拉升职记》，从爱情片《有一个地方只要我们知道》到现在的警匪悬疑片《绑架者》，不能说徐静蕾拍得有多好，但她有让人佩服的地方：一是几部片子都担得起“还不错”，二是徐静蕾对自我能量的探索也能给出点惊喜。

她有旺盛的好奇心，也有很强的学习能力，所以才能驾驭这些不同的题材。

她曾经在《朗读者》里说，自己是个没有什么耐心的人，很多东西都是浅尝辄止。

你看，她像是一个活得很随意的人，不会逼迫自己去谈恋爱、去当演员、去在某一种题材的片子里深耕。

她没那么用力，但却活出了自己。

她身上的那种恣意感、自由感，大概就是我们每个人都在羡慕的“做自己”。

或者说，跟着自己的心走。

她代表着我们想要达到却未能达到的状态，她一出来就火和前段时间一说“诗和远方”就火的原因大概是类似的。

“做自己”真的很难吗？

徐静蕾自己给出了答案。

她说：“我们常常说是世俗绑架了我们、人情绑架了我们，其实是自己绑架了自己。”

当我们叹着气抱怨说“我们也是不得已”的时候，我们心里另一面的小人其实是在说“这样也挺好的”。

当我们想做一份更有挑战性、更高薪的工作，却迟迟不敢辞掉现在手头这份稳定却工资不高的工作，嘴上说：“唉，是我爸妈不同意”时，内心其实是在安于现在的舒适区的。

当我们想要跳出当下索然无味的恋情，坚持自己，憧憬更精彩的单身生活可却迟迟不敢提分手，嘴上说“怎么办呢？我爸妈在催我，他们太传统，觉得女孩的家庭应该更重要，而且我都这个年龄了。”其实可能也是我们自己的内心在坚持传统中比较落后的观点，觉得“女孩的家庭更重要”。

当我们想要在周末去报个英语班再学习学习再拼一拼的时候，却迟迟抽不开身、舍不得离开孩子，嘴上说：“我实在没时间，孩子需要我。”其实是我们自己没有做好决定。

那个“不同意”的爸妈，那个总在“打断人生计划”的孩子，那个总是“拖后腿”的男人，其实都只不过是替“我自己”在背锅而已。

朝九晚五当然比加班到没日没夜舒服，书山题海会比带孩子享受阳光的周末压力；身边有个说不出哪里好也没啥不好的男人总比独自一人更有安全感吧……

然后，为了安慰自己，我们就怪这个社会啊、怪人情啊，怪保守的父母不尊重你的选择，怪没本事的男友阻碍了你前进的步伐，怪孩子的到来让你错过了事业的黄金期。

我们总安于在内心的那个舒适区，放松、懒惰，任由那里一日日荒芜，就越来越难跳出自己的“画地为牢”。

虽然“安于现状”和“知足常乐”并不是同义词，但为了安慰大家（我自己也是其中一员啊），还是要告诉你“知足常乐”也没什么不好。

就和这个男人凑合过吧，周末就享受与孩子的欢快时光吧，就好好做好手头这份工作吧。

只是，只是——重点来了：如果没有能力和勇气改变现状，请停止抱怨和怪罪。

身体既然那么诚实，嘴上也干脆地说“要”吧。

承认自己胆小，没勇气做改变也没勇气过那么紧绷的生活，大概会活得更幸福吧。

（二）

徐静蕾和黄立行的感情已经走过8年了，她说他们没有吵过一次架。

关于结婚，徐静蕾说：“他看我，我想结就结。”

关于生孩子，徐静蕾又说：“他看我，我想生就生。”

有人说黄立行是徐静蕾背后的男人，除了人帅多金有才之外，还特别懂得“尊重”。

好多姑娘恨不得把这样的文章甩到男人们脸上：“你们看，男人应该尊重女人。”

可是，徐静蕾后面又说了一句——“我也尊重他。”

他送你包包口红，你也得送得起他衬衫领带呀；他下雨总给你送伞，你也得在他生病时给他熬汤；他让你和闺蜜逛街吃喝买买买，你也得让他和好友看球游戏杀杀杀。

最近，我总爱说“关系”。

其本质在于所有的关系都是双向的。

尊重是，空间是，连买买买都应该是双向的。

这才是男女平权，而不是一味向男人要礼物要尊重要空间的“伪女权”。

徐静蕾说了一个细节。

她说黄立行从来不喝酒不抽烟，她自己在家也不喝酒，喝醉都是和朋友一起出去喝的。

所以，黄立行从来没见过她喝多的样子。

你看，他们有各自的朋友、各自的圈子，而不是成了恋人就强行要把所有的生活、秘密、心情都共享。

但是，她说，每天最幸福的时候就是早上起来黄立行说：“嘿，早”的时候。

所以，健康的关系在独立的同时又依赖。

“他像是心理医生开的药。”徐静蕾说。

因为黄立行从不焦虑和纠结，总是慢悠悠的，而且标准很明确，“yes or no”，不需要她去猜。

当然，她也不需要黄立行去猜。

“有的时候，我着急了，他会说没关系的。”徐静蕾说，她听了这句“没关系”就会很治愈。

听出来没？黄立行是典型的男性思维，徐静蕾虽然已经修炼得很棒了但还是会女性思维多一些。

但是，人家徐静蕾懂得去听黄立行的。

而有的女人，面对慢悠悠的男友或老公，只会更加火冒三丈：“我在这急得要死，你还像没事人一样。我命怎么这么不好，找了你这么个不操心的！”

好像没有了她，男人的生活都要塌。

（三）

为什么徐静蕾能修炼成如今这样的自信和强大？

有一个核心。

她说："我这个人最不怕寂寞，从来就没有寂寞过。"

这句话源于妈妈的一个问题："你将来如果没有孩子的话，会不会寂寞？"

徐静蕾是这么回答的。

她说，从小，自己待着就觉着挺好。

我一直觉得，徐静蕾是一个积极的悲观主义者。

悲观主义的人，比乐观三义者更能看透生命和生活的本质。

拂去现实社会的莺歌燕舞和光怪陆离，她知道生命和生活本身的痛点和痛苦所在。

一旦看透，就不会再执着于一些形式上的东西，也会懂得人"生来孤独"的本质，不会害怕寂寞。

徐静蕾说她不喜欢形式主义的东西，情人节等节日对她而言没有什么意义。

特别巧的是，徐静蕾说她不喜欢花儿，著名的悲观主义哲学家叔本华曾说："鲜花是植物的生殖器。无知的女人还在闻着她们，说着，香啊香。"

不过和叔本华的消极悲观不一样，徐静蕾更像尼采，是一种积极的悲观。

既然人生惨淡，那就直面吧、体验吧，多去发现生活的美吧！

叔本华说，当愉快的心情敲你的心扉时，你就该大大的开放你的心，让愉快与你同在。

尼采也说，痛苦无可避免，那就积极面对，在和人生悲剧的抗争中体会生存快慰，让人生尽可能地多姿多彩、壮丽美好。

徐静蕾的践行方式更加直白："任何一件事情，都没有一个放之四海而皆准的标准。"就像结了婚生了孩子并不一定是幸福人生的标配。

首先要让自己舒服。

有人说，不要给徐静蕾封神。确实是这样的，她不过是一个挺普通的姑娘，不过要比你我勇敢一点、理智一点、聪明一点、幸运一点。

你们看，徐静蕾活出了自己的样子，看似精彩无比，其实遵循的前提再简单不过。

亲爱的姑娘，你要想得透，最好也能做得到。

【轻哲学】

很多人对叔本华和尼采有误解，认为他们是悲观主义者，就代表着他们对世上的一切失去了兴趣。其实，悲观主义不等于什么都不做的犬儒主义。悲观主义只是觉得事物的本质是消极的，但既然生在人世，我们还是要积极地去对待。

就像叔本华所说，意志是世界的本质。我们之所以痛苦，是因为被意志（包括欲望）控制。要摆脱痛苦，就要转向建筑、绘画、音乐、诗歌等艺术，不能自杀，因为自杀也代表着你被意志控制。

尼采的悲观主义哲学和叔本华一脉相承，不过，尼采觉得，纵然人生本来没有任何意义，我们也要赋予它意义。

就像是我们所说的“积极的悲观主义者”。

你愿意是王菲还是贾静雯？

【引子】

“人的精神有三种境界：骆驼、狮子和婴儿。第一境界是被动的骆驼，忍辱负重，被动听命于别人或命运安排；第二境界是主动的狮子，把被动变成主动，由‘你应该’到‘我要’，一切由我主动争取，主动负起人生责任；第三境界回归婴儿，这是一种‘我是’的状态，活在当下，享受现在的一切……”

——尼采

【正文】

（一）

泉水离婚了，带着女儿。

他的老公是典型的妈宝男。生性懒惰，一下班就躺在沙发上澡都不愿意洗；最恐怖的是脑子也很懒，从来不肯主动解决家庭关系中的小问题，对泉水和他妈妈之间的不和视而不见、选择逃避。

当然，婚姻这个围墙不是一记重锤就直接锤塌的，而是常常毁在一日日的蝼蚁啃噬。

这些也并不是本文的重点。

重点是3，现在的好多文章，动不动就劝人离婚，说什么“你一个人也可以过得更好”，却大都是站着说话不腰疼，很少去说离婚其实也会伤害自己的生活（伤身伤心我就不说了，毕竟不离婚也可能伤身伤心）。

我知道泉水内心的煎熬。

离婚不可怕，“离婚之后”才是真正要考虑的。

独自带着女儿，照顾她的起居还要照顾她的心情，不能像以前一样全身心努力工作；

并没有不再相信爱情，却在爱情面前变得小心翼翼，再洒脱的女人也有点儿“十年怕草绳”的心态，更何况还要考虑女儿的感受和未来。

泉水说：对于我们这些略传统的女人来说，敢于离婚是一种能力，离婚后能很快恢复、变得更好更是一种能力。

我懂她，毕竟不是每个人都是洒脱的王菲或自由的徐静蕾。

有天，我俩喝下午茶，聊到贾静雯家的女儿波妞，泉水一脸佩服。

虽然也经历重创，但贾静雯依旧肤白貌美、神清气爽，又积极乐观，活得很好。

这是一种强大的自我治愈能力，泉水说：“学不了王菲，也得学学贾静雯啊！”

（二）

一直想写写贾静雯。

经历婚变、夺女风波，后来与小9岁的修杰楷再婚并生下超级萌妹咘咘，又生下了老三。

好姑娘有不错的生活，真好。

贾静雯是少年时代的记忆之一，无论是《至尊红颜》里那个不一样的武则天，还是《倚天屠龙记》里那个大眼睛的赵敏——她兼具偶像派与实力派的特质。

贾静雯出生于普通商人家庭，16岁被星探发现，不仅出演电视剧，还担任儿童节目主持人，贾静雯的事业之路始于幸运和天赋，但能红起来是因为努力。

她1990年出道，1997年获得台湾金钟奖最佳新人，2003年获得FHM全球百大性感美女亚洲区冠军。

如果一直这样发展下去，她可能会像高圆圆一样被封“女神”，也可能会跟林心如一样成为事业型女BOSS。

不过，她的人生轨迹因为一次失败的婚姻而改变。

2005年和前任孙志浩生下梧桐妹，2010年就闹离婚。

一开始，一切都是在很低调的情况下进行的。可是，突然有一天，一脸憔悴的贾静雯突然召开记者会，说已经4个多月没见女儿了。

据媒体报道，贾静雯的丈夫和公婆把4岁的女儿从家中强行抱走，以后4个多月都没有音讯，连短信都不回。

你看，明星光环又怎样？对于闹离婚的男男女女来说，没有最狗血，只有更狗血。这是生活的本来面目，根本不会对谁有优待。

贾静雯和太多普通女人类似——面对强势的婆家，她也别无选择。

最后，她召开记者会，将私人生活的不堪曝光，牺牲面子、形象和事业，只为了要女儿。

这是一个妈妈的无奈，也是一个妈妈的勇敢。

不见女儿的4个月里，她大概想了一万种方式试图和前夫沟通，最后不得不用了最下策。

唉，大部分的女人都得承认自己是普通的，没有特殊的金钟罩铁布衫，也别说“自己眼瞎，遇人不淑”这种话。

每个人都有N个面，更何况日日都在变，谁敢在一开始就保证完美ending?

女人，就是在“兵来将挡、水来土掩”的实践中慢慢成熟的。

Linda问我：如果你是当时的贾静雯，你会怎么做?

我回答不出来。

只想说：亲爱的姑娘，生活有的是刀，将沧桑割在你我脸上。

只是，有的人一刀毙命，有的人刀刀留疤，有的人重伤在内却依旧笑容满面。

（三）

后来，你们都看到了，女儿得以留在贾静雯身边，不过她也因此签了限制性极强的协议书，比如“不得离开女儿超过5天”也不得将女儿的私事公开。

如果违反，男方会采取法律行动。

所以，贾静雯很少拍大戏当女号，在微博发布梧桐妹照片时一定要遮脸。

她还因此受到质疑说她“不爱大女儿”，直到2016年，她才出面说明原因。

为了女儿，她宁愿受委屈、被误解。

Linda叹气：“当妈的，应该都能理解这种隐忍。”

很多女人离婚之后，对前夫及其家庭恨得牙痒痒，甚至不让孩子相见。

其实也无可厚非，凭什么受伤那么深还要去当“圣母”？

来啊，撕逼啊，反正有一肚子的怨恨。

可是，然后呢?

也正因为云淡风轻太难，所以才特别珍贵。

贾静雯的处理方式非常成熟，她真正从孩子的角度出发去理解女儿所需要的爱和生活。

怕女儿受影响，她看很多书和绘本，也从不限制女儿和爸爸的交往。

和修杰楷相恋，她的重要条件之一也是“他很爱我的女儿”。

贾静雯生三胎后不久，梧桐妹和继母林若亚有说有笑的新闻占据头条。

对啊，梧桐妹健康有爱，和继母相处融洽，还给爸爸送生日卡片请他“好好珍惜她”。

这又是贾静雯的厉害之处，相对前夫一家的狗血做法来说，贾静雯的教育充满了爱和包容。

贾静雯并不是很酷的女人，她不会如王菲一样和前任甚至前任一家都是朋友，她也不会如钟丽缇可以像是毫发无损地开始一段又一段新感情。

相反，她有些传统，就如生活在你我身边的朋友，甚至如你我。

没那么多恣意，更多的是如履薄冰。

面对女儿，她像是背对孩子独自舔舐伤口的母牛，转而以笑脸面对。

面对新感情，她小心翼翼、顾虑重重，担心相差9岁的年龄，也担心自己“离异带女”的身份。

大概每个人的人生，都会有那么些机缘吧。

还好，她又遇见了不错的人。

（四）

我并不太喜欢一味说“都这样了还不离婚（分手）”的言论。

既然付出感情，那就肯定是想好好走下去的。世间所有的关系，不是非黑即白，包括男女关系。俩人既然还在一起，就应该朝着“合”的方向好好努力。

当然，如果不得不分，那也要好好处理自己的生活和情绪。

有能力经营好一段感情，也有能力治愈受伤的自己。

我也不太喜欢“不结婚好酷、保持单身就很牛”的理论。

并不是敢离婚的人就有资格去鄙视在围城中煎熬的人，也不是敢单身的人就比陷在感情中的痴男怨女高贵。

单身与否、结婚与否都是个人选择。自己选择，自己负责就好。

王菲不比马伊琍更酷，徐静蕾也不比蒋方舟优越。

女人生来比男人感性。

女人的独立自主，并不是把自己修炼得如男人一般或者是完全的男性思维，而是能刚柔并济，能买得起想买的包包、口红，也能享受他的宠爱。

女人的强大，不是一味藏起伤口逞强斗狠，而是即使受伤再深也要有治愈自己和所爱之人的能力。

并不是心如死灰之后在感情上与男人为敌，觉得全天下的男人都没有好东西，而是依然以温柔的心态去看待，做好单身一辈子的准备，也有自信去迎接新的感情。

并不是不经世事，也不是历经沧桑，而是被生活打得遍体鳞伤依然眼神清澈。

尼采说："人的精神有三种境界：骆驼、狮子和婴儿。第一境界是被动的骆驼，忍辱负重，被动听命于别人或命运安排；第二境界是主动的狮子，把被动变成主动，由'你应该'到'我要'，一切由我主动争取，主动负起人生责任；第三境界回归婴儿，这是一种'我是'的状态，活在当下，享受现在的一切……"

你可能做不到王菲那般潇洒，你的孩子也可能不会像窦靖童那样强大和思想多元化。

那你可以试着做更世俗的贾静雯。如果没有后来的修杰楷，她能安顿好自己和女儿的生活以及情绪。有了修杰楷，她也能做幸福的小女人。

她们的共同点是，能主动争取的就主动负责，然后回归婴儿状态，活在当下。不妄自菲薄亦不恃爱而娇。

【轻哲学】

尼采所提出的人生三种境界，非常有名。

骆驼是人类精神的最初阶段，敢于汲取和积累；狮子是第二阶段，勇于表现自己的才智和敢于创新的精神；婴儿是最终阶段，返璞归真，随性自由。

这和王国维先生提出的“人生三境”有异曲同工之妙。第一境，“昨夜西风凋碧树。独上高楼，望尽天涯路。”第二境，“衣带渐宽终不悔，为伊消得人憔悴。”第三境，“众里寻他千百度。蓦然回首，那人却在灯火阑珊处。”第一境是“立”、第二境是“守”、第三境是“得”。

好老板，不仅发年终奖，还会带你成长

【引子】

“知人者智，知己者明。”

——老子

【正文】

“如果你的老板长得丑、还不讲道理怎么办？

……

啊啊啊！那你真是太可怜了。我们老板温柔大方帅气，每次说话都讲究以理服人。

老板，当你看到这篇文章时，请您一定要好好注意身体，天冷了，要多加点衣服，您辛苦了！新的一年我一定会加油努力的！”

（一）

这是有一年年底，朋友圈里，令人汗颜的“抱老板大腿”的“无耻”行为！

你们这一个个的，难道不知道努力工作才是最重要的吗？难道不知道老板这么聪明这么有能力、见过这么多大世面经过那么多风雨，是根本不可能理会你这小小的夸奖的？我敢保证，以老板这个可稳、重可逗比又有魅力的个性，是根本不会被你这条朋友圈逗笑的！

抱歉，我本来想写一篇让你笑到肚子疼的段子文章，最后却还是转到了严肃的调调上。

对于身在职场的你我而言，一个老板或老板的风格，可以说直接决定着一个人的职业生涯和未来发展。

所谓“跟对人、做对事”，一个好的老板的意义不仅在于发年终奖，还在于带着你成长。

小月和小林都曾同期跟我实习。两个姑娘一个可爱俏皮有灵气，另一个是气质型美女，家境、品味、学历都相当，毕业都一年多了。前段时间，两个小姑娘一起找我吃饭，两年时间没见，她们变化都挺大。

在讨论吃什么的问题时，小林表现得很没有条理，一天时间往群里发了近20家餐馆，口味不一，遍布在本城的各个方向。直到傍晚，她也没有给出意见说去哪家比较好。晚上，小月发了三个链接，三种不同的菜式，港餐、川菜和日料，地点是我们三个都能很方便到达的。

下班高峰，由于堵车，我们仨都在群里汇报各自的路线情况。

小林抱怨颇多，类似“好烦啊”“这地方没法待啦”“怎么还没到”的话不断刷屏。小月则是发了几张路边圣诞树的照片，说：“今年的圣诞树好漂亮”，又甩过来几首歌，说“这种时候听这首歌最合适了”。

吃饭的时候，小月点菜很在行，和服务生交流也很有礼貌，小林则因为服务生倒水迟了直接不耐烦地说“你能不能麻利点儿啊？”

小月的身上已经是比较成熟的职场女性气质了，妥帖、包容、礼貌。而小林，还像是那个刚刚大学毕业的单纯的小姑娘，你不能说她有什么不好，但她的行为举止似乎总让人不是那么放心。

我跟她们了聊起她们的工作，期间我窥见了一些导致她们如此不同的原因。

小月毕业之后去了一家私企，常常要跟在老板后面出差。她的老板待她如妹妹，不仅在工作上悉心指教，还常常教她一些女性的自我修养，逼着小月养成了一些好习惯。我曾经采访过小月的女老板，是一个叱咤行业的人物，能力很强，外在形象也总保持着得体和优雅，后来出来单干组建销售公司。“我的工资不是很高，但我真的很喜欢这份工作，每天都觉得在学习新的东西。老板简直就是我的人生目标。”小月很满意地说，从来没想过要辞职。

小林，在家人的安排下得到一个事业单位的编外工作，工作清闲，编编内刊、打打杂，老板是中年男人，几乎没有太多交集，工作状态也比较散漫。“有的时候，我也觉得工作挺没意思的，学不到什么东西，和老板一天都说不到几句话，都是交代我干活的。可是，我要是辞职了，去哪找性价比这么高的工作啊！”小林嘟囔着。

（二）

你和你的小伙伴，或许起点类似，三年后却眼界、境遇大不相同，这并不仅仅是因为私企、外企或者事业单位的工作形式不同，更多的是因为“跟的人”不同。

老子在《道德经》中说：“知人者智，自知者明。”能了解他人的人聪明，能了解自己的人明智。人最难认识的人是自己。如果跟对一个聪明的老板．能迅速帮你了解自己，是多大的幸运啊。

从某种程度上说，所做的工作决定着一个人最终取得什么样的成就、成为什么样的人，甚至能决定着下一代的生活和环境。

小月是幸运的，可以说她的第一份工作就遇到了“贵人”。一个能被称为“贵人”的老板，不仅是工作上的上司，更是生活上的朋友、人生之路上的老师。

他们的气质可能各不相同，有的是优雅知性的女性，有的是温文尔雅的男性，也可能带着些痞气和匪气。我们都曾是新人，也终将成为职场“老人”。不管我们是在哪个人生阶段，若能碰到这样的老板，他们愿意以他们自己的人生经历去教导你，愿意尽他们的努力去提携你。即使你要辞职离去，他们肯定会不开心，但还是会为你找到更好的平台而高兴。

如果在你的职场生涯中，遇到过这样的老板，那么，恭喜！

他们总能四两拨千斤地帮你解决一些问题；他们总能适时地开导你的迷茫；你取得了一些成绩，他们会为你的进步而骄傲；他们的身上，总会有独特的人格魅力，让你一直追随……如果有一天，你成为了老板，这些东西其实也是会传承的，这就是最早的师徒关系啊！

一到年底，网上都在刷“别人家的年会”“别人家的老板”。王健林在万达年会上成了“K歌之王”，当然，歌唱得好的老板很多，但有钱如王健林才能引起诸多关注；比如，这两年快速崛起的滴滴，年会直接摆出了100个iPhone6 plus、300个iPad、100台Mac、100个Apple Watch，20个3万元旅游基金，10个2万元现金奖，5个5万元现金奖，3个10万元现金奖，还有一个30万元现金大奖，成为备受嫉妒的“别人家的年会”之一……

而我们大多数人，都身处普通单位，有个普通老板，领着一般的年终奖，但这并不妨碍我们有个温馨的年会，也并不妨碍我们在年会上整老板，更不妨碍我们在自己的一亩三分地上继续努力。

常常有读者咨询到底要不要辞职。每个人的情况不一样，所处的环境不一样。

我的建议是，看看你的老板。如果你觉得他值得，那么就请坚持。

一个好老板，不仅发年终奖，还会带你成长。

【轻哲学】

全文是：“知人者智，知己者明。胜人者有力，胜己者强。知足者富，强行者有志，不失其所者久，死而不亡者寿。”

能了解他人的人聪明，能了解自己的人明智。能战胜别人的人是有力量的，能战胜自己的人更加强大而不可战胜。知道满足的人才是富有的人，坚持力行的人有志向。不丧失本分的人就能长久，身虽死而“道”犹存的人，才算真正的长寿。

一个人，学习和修行的终极目的应该是“道”，是事物运行的规律、是世界的本质、是人生的真谛，而不仅仅是某种具体的技艺。“有道无术，术尚可求。有术无道，止于术。”

chapter 04

10万+的爱情：和细微的生活谈恋爱

嫁对人，就是嫁个能『看见』你的人

【引子】

“爱情就是穿越一片麦田，去摘一株最大、最金黄的麦穗回来，但是有个规则，不能走回头路，而且只能摘一次。”

——苏格拉底

【正文】

（一）

有一个新闻。

邵青今年32岁，刚刚生过二胎，正在坐月子。可是，月子中的她因“突发心脏骤停30分钟”去世。而在事发前十天，她曾多次因“心脏难受”向在外喝酒的丈夫孙某求助。只是，孙某从来没有正视过她。

邵青的大女儿今年9岁，剖腹产生下二女儿。出院后15天，猝死。

邵青的母亲从女儿相机里为她选遗照，发现了怀孕时期的备忘录以及她与丈夫的微信对话。

微信对话里，邵青多次哭着发语音给孙某，说自己心脏难受，请他回家。但孙某回复“在外面有点儿事”。

对于邵青所怀疑的“找小姐”，孙某自己说是因为工作上的事情和朋友商量，到凌晨2点多才结束，期间喝了些酒。

从这些对话里，能还原邵青和孙某的日常相处状态：

邵青在家带孩子、养胎、坐月子，孙某总在外不爱回家。

邵青诉说自己的痛苦和不舒服，孙某可能只认为她矫情，并未真的放在心上。

事发之后，孙某辩称，结婚十年，感情一直很好，每年5·20都会给她发红包、买礼物，“感情不好我们怎么可能会要二胎？”暑假，一家三口还去了泰国旅行。怀二胎之后，邵青辞职了，家里开销都是孙某一人支撑。

妻子去世，留下两个年幼的孩子，孙某也很痛苦。面对丈母娘的指责，他自责，同时也很委屈。

在这个男人的思维里：“我辛苦打拼，不就是为了这个家吗？”

这样的结局，让他想不通。

被说成“对妻子冷漠”，他更想不通。

孙某到底有没有出去“找情况”，这事先不说。这件事最让人心颤的地方在于：妻子都已经痛到快要猝死了，丈夫却并没有真正重视和关心。

在男女的思维差异里，女人爱用“唠叨”来描述问题。可即使女人一遍遍地说，男人都太容易把女人的诉求当做小题大做、矫情甚至是“作”。

夫妻之间常常陷入逻辑绝境，就像邵青和孙某。

邵青的谈话重点是：“我心脏疼”“你不管我”“你是不是找别人了”。孙某的重点是：“我没有找别人”“你不要总是瞎猜”。

那个最重要的“我心脏疼”却被孙某忽略掉。

他们之间的沟通，就这样陷入了死循环。

从始至终，虽然他们天天见面，但孙某并没有真正“看见”妻子。

可能，邵青最想让老公知道的事实是：我不是矫情，是真的不舒服。

（二）

有一个姑娘在这条新闻后面评论：“我老公在我怀孕期间哪怕是出差都小心翼翼地带着我。最后一个月，临近预产期了，直接请假一个月在家陪我。有时候，我叫他第一声他没听见，再叫第二次我都会觉得委屈到哭，他都会不厌其烦地哄我说他错了。现在宝宝出生他更加贴心，坐月子不管多晚，我哼哼一声他就起来听候差遣。真的，嫁对人真的真的很重要。”

什么是嫁对人呢？不过就是嫁一个能“看见”你的人吧。

就像这个姑娘的老公，他肯定是不能真的体会女人怀孕生子的辛苦，但他愿意去“看见”身边这个人的喜怒哀乐，试着去“共情”，去体贴，去照顾。

在热播剧《那年花开月正圆》里，吴聘被人称为“最想嫁的人”“宠妻狂魔”，也是因为他“看见”了周莹。

他们是从原生家庭到后期生长环境都完全不同的两个人。吴聘是吴家东院的少爷，知书达理、家教甚严。周莹从小没有娘，跟着爹走街串巷、卖艺行骗。

吴聘不吃路边摊，但他充分尊重周莹的口味，陪着她买甑糕。老爷太太们都对周莹不满，唯独吴聘看到她的经商天分。

爱、尊重，然后看见她的价值、理解她的情绪、明了她的情绪诉求。

常常会有人说，男人和女人来自不同的星球，两者的思维之间有巨大的鸿沟。

男人的大脑被设定为：发现问题、解决问题；女人的大脑被设定为：建立关系、维护关系。男人天生从事情里得到安全感；女人则天生从与人的交往里寻找安全感。

所以，男人总在问："到底是什么事？"女人总在答："你到底爱不爱我？"

像是鸡同鸭讲。甚至是，太多真正的产后抑郁，都会被男人戏谑。

能彼此"看见"，就显得尤为珍贵。

（三）

哲学家苏格拉底曾说："爱情就是穿越一片麦田，去摘一株最大最金黄的麦穗回来，但是有个规则，不能走回头路，而且只能摘一次。"其实，那个麦穗真的不一定是最大最金黄的，但一定要是你内心里最好的。

他和妻子最广为人知的故事是：苏格拉底的妻子一直被称为"泼妇"，有一次，苏格拉底和朋友在高谈阔论，他的妻子为了一件琐事直接冲过来骂。骂完之后，她端着一盆水，浇到苏格拉底头上。苏格拉底摸了摸脸上的水，笑着对朋友们说："我就知道，雷霆之后必有暴雨。”

他们这段爱情故事的完整版，是这样的：苏格拉底的妻子克桑蒂贝比苏格拉底要小30岁，典型的老夫少妻。克桑蒂贝确实很喜欢撒娇任性，非常情绪化。苏格拉底一生致力于哲学，没事就到广场上找人辩论，或者在家里和朋友谈话，而且是白+黑，不停歇。

作为古希腊哲学的奠基人之一，苏格拉底对于哲学像是疯魔了一样，自然也管不了家庭和小孩。更可怕的是，作为妻子，你根本别想跟苏格拉底辩论什么，因为你永远都赢不了他的雄辩。

克桑蒂贝的生活不容易，克桑蒂贝的脾气也不好，但他们依然很相爱。

据说，苏格拉底请人吃饭，克桑蒂贝认真做饭，还生怕自己厨艺不好、菜色寒酸，一直很紧张。苏格拉底安慰她：“没有关系，如果他们懂得道理，自然就会接受，要是他们不接受，那就说明他们不明事理，大可不必为此烦恼。”

克桑蒂贝非常唠叨，连苏格拉底的朋友都受不了。苏格拉底问他：“你不会介意鹅的咯咯叫吧？”朋友说：“当然不介意，但鹅可以给我下蛋啊。”苏格拉底说：“克桑蒂贝也给我生孩子了啊！”

这个比喻虽然俗气，能看到的是：苏格拉底是真的“看见”了妻子的付出。

苏格拉底的哲学思想，都是通过他与人辩论、谈话，才充分展现出来的。他本身并没有著作，他的弟子柏拉图根据谈话整理了《理想国》，哲学思想得以传世。他和学生柏拉图，以及柏拉图的学生亚里士多德，被称为“古希腊哲学三贤”，是西方哲学的奠基者。

苏格拉底临死前，克桑蒂贝抱着孩子守在身边。等苏格拉底的朋友来了，她即使很想继续陪伴，也还是出去给他们留时间：

“这是你们最后一次谈话了。”

她当然珍惜最后相处的分分秒秒，但还是选择支持苏格拉底的“谈话事业”。

他们之间的爱，不是甜言蜜语，没有时刻陪伴，不一定“懂得”，但都在试着互相理解。

即使苏格拉底的思想格局、思维方式和妻子完全不同，也并没有因此漠视她，更不会想要以自己的标准要求她。

男人和女人的思维差异，就像是，他在备考数学，她在备考语文。

男人列出各种方程式，最终目的是算出那最后的得数；女人用尽各种词语，是为了描述清楚某种事物或表达自己的感受。

男女之间的矛盾根源在于：男人总以为女人应该懂“1+1=2”的直接，可女人实际上在想“1+1=3”的浪漫。

女人发脾气，有的男人觉得她无理取闹，有的男人却看到她的不容易。

如果孙某能早点儿试着去与妻子“共情”，可能就不会发生猝死的悲剧吧。

【轻哲学】

苏格拉底把哲学定义为“爱智慧”，智慧意味着“自知无知”。很多人向他请教，但他却常说：“我只知道自己一无所知。”他说，人应该承认自己的无知。他说，“骄傲是无知的产物。”

他与人辩论，特别擅长问句，也就是他自己所说的“助产术”，引导别人产生自己的智慧。这样的引导，2000多年来，从未过时。

他的爱情，也充满了这样的智慧，影响着很多人。

永远不要低估一个姑娘陪你吃苦的决心

【引子】

“爱情，不是对费尔巴哈的‘人’的爱，不是对摩莱肖特的‘物质交换’的爱，不是对无产阶级的爱，而是对亲爱的你的爱，使一个人成为真正意义上的人。”

——马克思

【正文】

去年，一部《战狼2》让吴京大火。从《太极宗师》、《功夫小子》到《战狼》系列里的冷锋。吴京越来越“大男人”了，硬汉形象也立起来了。

人人说他家庭事业双丰收，其实背后离不开谢楠的支持。

（一）

《战狼2》一共有1000多名剧组成员，动用坦克，非洲街头追车、水中搏斗等场面全部实拍。拍摄中由于爆点位置多、火力大，炸了上百辆车、两辆20吨等比例坦克模型和一架飞机模型。

吴京确实是硬汉，除了场景、道具都来真的以外，拍摄也要来真的。为了一个6分钟的水中搏斗，他入水拍摄了26次，在水中泡了13个小时。

据说，整部电影用了4年时间才最终打磨完成。

吴京成了“硬汉”和“拼命三郎”的代名词。

当年，他筹拍《战狼2》，差点倾尽身家。据说，《战狼2》需要1.5亿的投资，其中吴京个人要投资8000万元人民币。吴京为了筹钱，将自己的房子都抵押贷款。

谢楠说：“老公，如果你的梦想不能实现，我们住那么好的房子，也会一生遗憾。大不了我还有一个小房子，赔了我养你。”

吴京出道挺早，1995年拍摄第一部电影《功夫小子闯情关》就已经火了起来。之后，他在影视剧方面持续发力，《小李飞刀》里的阿飞、《策马啸西风》里的孟星魂等角色，即使不是主角，也让人印象深刻。

据说，吴京一直有志于武打动作片，在内地电影市场不好的情况下，2005年到香港发展，甚至愿意演个男N号，沉寂了很多年。直到2013年的《战狼》，大家才发现，呀，原来吴京已经从当年眉清目秀、好身手的男人长成这样的硬汉了。

2012年，谢楠和吴京的恋情曝光，2014年1月结婚，并在当年8月生下儿子吴所谓。

而谢楠自2005年开始主持之路后，便一路走红，2011年还解锁了电影资源，在《画壁》中出演仙女。

和吴京结婚生子之后，她的工作基本停摆，把重心放在了家庭和孩子上，全力支持吴京的事业和梦想。

吴京也很宠谢楠。他说，自己像一匹狼，在外面张牙舞爪龇牙咧嘴，回到家就自己舔舔伤口，再跟老婆撒娇，看看儿子。吴京说："我怕老婆，怕老婆是好事。"

不要低估一个女人陪你吃苦的决心，只要她觉得你值得，她愿意付出金钱、暂缓事业。

但女人也不傻，也只有一个真正让她觉得有安全感、有未来的男人，才值得她全心以待。

（二）

在单身汉辈出的哲学界，马克思和燕妮的故事至今仍在流传。

燕妮出生在一个德国家庭，父亲是一个商人，后来又成了普鲁士政府的顾问官。燕妮不仅受过良好教育，还被称为"特里尔舞会皇后"，是当地不折不扣的名媛。

马克思，虽然不至于太贫穷，但相对于燕妮而言也只是普通家境。

马克思比燕妮还要小4岁。1936年，18岁时，他就和燕妮恋爱，并且约定了终生。这简直就是前所未有的事情。

而且，很快，马克思就从离家不远的波恩大学赴柏林大学读书，一直到1941年才回到特里尔。

马克思除了一个哲学博士学位，什么都没有。当时的燕妮已经27岁了，但还是没有条件结婚。后来，马克思找到了在《莱茵报》做编辑的工作。

钱依然挣得不多。更尴尬的是，干了一年，他就被解雇了。

当时的马克思，失业、没钱，不过是随处可见的“有想法难行动”的落魄青年，燕妮还是说服父母，嫁给了他。

他们从恋爱到结婚，一共走过了7年时间。这7年，几乎都是异地，没有电话、没有微信没有视频，只能靠书信来维持联系。

“舞会皇后”燕妮眼见着朋友们成家，过上了幸福生活，却坚持顶着压力等着马克思直，到30岁才结婚。

马克思所从事的哲学、社会学研究其实是非常难以变现的，很长很长一段时间，他的生活都靠好友恩格斯接济。

燕妮的生活自然更苦。马克思只要安心做研究就好，她却要一面帮助马克思一面照顾孩子，是他的秘书、助手，也是管家。

燕妮抄写马克思的手稿，纠正其中的错误并且润色，与出版社和编辑繁琐沟通和一系列难处理的事情都是由燕妮代办的。

马克思所从事的工作还有极高的政治风险，反对者众多，又触及当局利益，所以常常携家带口四处流亡。

他们一共生过7个孩子，却只活下来3个，足见生活之苦。燕妮作为妈妈，精神上所遭受的打击更甚。

甚至，马克思曾曝出出轨传闻，燕妮都以她的隐忍和坚强，维护着他。

谁说，如今的马克思，不是当时的燕妮成就的呢？

在伦敦，她曾经在写给好友约瑟夫的信里说：“因为这里奶妈工钱太高，尽管前胸后背都经常疼得厉害，但还是自己给孩子喂奶……有一天，我正抱着他坐着，突然房东来了，要我付给她五英镑的欠款。可是我们手头没有钱。于是来了两个法警，将我的菲薄的家当——床铺衣物等——甚至连我那可怜孩子的摇篮以及比较好的玩具都查封了……”

沉重的生活压力一直摧残着着她的精神，也在摧残着她的身体。资料记载，1880年，燕妮可能患了肝癌，1年之后去世。

有的人，失去后更知道其可贵；有的爱，失去后才知情深。

燕妮去世之后，恩格斯说：“摩尔（马克思的别名）也死了。”

燕妮死后，他写信给她：“你会问，为什么我突然变得这么花言巧语？不过，我如能把你那温柔而纯洁的心紧贴在自己的心上，我就会默默无言，不作一声。我不能以唇吻你，只得求助于文字，以文字来传达亲吻……”

（三）

谢楠说：“我对夫妻的定义，是战友。能把后背交给对方的交情。过命，不可能不走心。”

恩格斯说燕妮：“她这一生为革命运动所做的事情，是公众看不到的，在报刊上也没有记载。她所做的一切只有和她在一起生活过的人才了解。”

男人在舞台接受鲜花和掌声，女人在台下默默鼓掌——这是很多夫妻的相处模式。

现在的时代，太多的人都有“女人现实”的思维定式，只是，在声讨女人“物质”的时候，却根本没有去真正关注女人的内心。

很多男人都在说女人“作”，其实女人的要求并不高，倾其一生追求的就只是“安全感”。

安全感，不是有多大的房子，而是这个房子里会始终有你有家人。

安全感，不是能有多少钱，而是始终能和所爱的人在一起，没有第三者插足的可能，也没有太多容易变化的因素。

安全感，不是当下就过着多么奢侈的生活，而是和所爱的人在一起能有更好生活的可能性。

她不是不愿意坐在自行车后座上，而是希望你有让她笑的能力，也有让她坐上宝马的上进心。

她倾尽全力，只希望他也全心全意。

并不是她的付出就是理所应当。给她安全感、尊重和爱；她是妻子是妈妈，也是她自己。

【轻哲学】

关于爱情，马克思也曾说过几句经典的话。

一是“爱情，不是对费尔巴哈的‘人’的爱，不是对摩莱肖特的‘物质交换’的爱，不是对无产阶级的爱，而是对亲爱的即对你的爱，使一个人成为真正意义上的人。”

也就是说，爱的不是某一个怎样的人，也不是用物质衡量，也不是因为你是无产阶级所以才爱你，而是，爱的是你，只是你。

二是，“唯有爱情和咳嗽无法掩饰。”爱情和咳嗽一样，自然而然，我一片赤诚，也请你真心相待。

对的人，不会让你觉得累

【引子】

“真正的爱情需要什么？需要两个人在一起是轻松快乐的，没有压力。”

——加西亚·马尔克斯

【正文】

好友最近谈恋爱，问怎么判断这个男人好不好。

我说，不是钱，不是学历，不是所谓的是否老实。

对的人，不会让你觉得累。

这种不累，是身体和精神的双重轻松。

（一）

他如果不舍得让你操心，大到挣钱养家的大事，小到下楼取快递的日常，一切男人该做的，他能安排妥帖，那么他就值得嫁。

好友说："你平时不都标榜着女孩子要独立自强、自己的事情自己做吗？"

他不舍得让你操心，和你独立自强并不矛盾。

有一个好朋友，叫她韵吧，大学就和仙子的男友在一起了，到2017年5月，两人已经一起走过了六年时间。

男孩很优秀也很聪明，条件不错，不管是在朋友眼里还是长辈眼里，都是"良人"。

只是，他从来就不喜欢操心日常琐事。

比如，周末出去玩，他从来不会提前做任何准备，计划路线、买车票、零食饮料……全都交给韵来做。平日里上课，他的习惯是在上午第三节课时把要吃的外卖套餐发给韵，让她来打电话订餐。

有人会说，可能是韵爱他比较多吧，才会甘心如此。

还真不是。他就是一个甩手掌柜，并非不爱，也并不是不知道心疼人，而是认为"一切都交给她"是很自然的事情。

这种"自然"，并不是韵培养的，而是他从小就过着衣来伸手、饭来张口的日子。

他是一个"巨婴"。

这场关系里，韵始终处在很疲惫的状态。等到买房装修、谈婚论嫁，5年多过去了，他虽然改了很多，但骨子里依然是被照顾的心态。在连续一个多月的劳累奔波之后，韵终于熬不住，提出分手。

"我想，如果我一辈子都是这种状态，我会很累。"这是韵的总结。

很多男人都曾经是“巨婴”，但有的长成了大人，有的人一辈子都习惯被照顾。

长久如此，再强大的女人也会有崩溃的那天。

（二）

韵的例子有些极端，属于“量变引起质变型”的。还有那种平时很好，但遇到大事却没有担当的情况。

曾经采访过一个姐姐，和老公两个人都是工薪阶层，过着很简单的日子，平时家务分工合理，一起工作维持家庭，互相照顾，是很平常的夫妻状态。

可是，他们的孩子突然被诊断出白血病。治了大半年时间，家里积蓄花光还欠了很多债，平时看起来更柔弱一些的姐姐反而更坚强，而那个丈夫终于在一天晚上没有回家，把病儿和一大摊子留给了她。

对的人，怎么舍得让女人这么辛苦?

20多岁的姑娘，总会在恋爱和婚姻上面临着同样的困惑：这个男人，到底对不对?

于是，大家摆出了很多条件：学历是否相当，性格是否合适，工作有没有前景，家境是不是很好……

长辈们似乎还特别喜欢老实的男孩子。

然而，姐妹们，我们都知道，在长辈面前看似老实的男孩子，其实并不一定老实。

外人会把一大串条件摆在一块，再综合比较，即使嘴上不说，心里也会给你们俩的般配程度打分。

这样的打分真的准确吗?

有一个读者曾经很难过地说，觉得自己嫁错了人，老公脾气不好，很少给她积极正面的评价，总把她当小孩子一样呵斥，她觉得很痛苦。

“你们家装修是谁管的?家庭的人情交往是谁来操心的?”我问道。姑娘不假思索地说，新房装修，老公基本上没让她操心，只是让她做决定选颜色和风格、一起看家具，杂活都是他在搞定；家庭人情交往，也都是老公张罗得多；家里父母生病，他也总是熬夜陪护，让她回去睡觉。

虽然他的语气不温柔，虽然他挣得不多，虽然他一直习惯以呵斥的语气来表达自己的关心，但是谁会说这不是一个对的人呢?

(三)

一个对的人，不管性格是开朗活泼还是成熟稳重，他明白自己肩上的责任，不舍得让你辛苦和受委屈。

一个对的人，可能一开始也是个“巨婴”，但他知道自己要努力长大，扛起一个家。

一个对的人，一定也会有各种各样的毛病，但你的心里明白，在关键时刻他肯定能顶上来，他一直都是你的大树。

我不是说，你要成为依附他的人，但他一定要是一个值得依靠的人。

即使你们没有走到谈婚论嫁，只是初相识，你一定也能感受到他是不是对的人。

聊天是尴尬还是开心，你们是一拍即合还是意见相左、总要迁就，你们的约会是让你期待还是总让你担心？

对的人不会让你觉得累，不仅是生活上的互相帮助和匹配，还是精神上的“不累”。

一个家最好的状态，是男人做男人的事，女人做女人的事，而不是活生生把女人逼成女强人，也不是让男人承担一切。当你在思量他“对不对”的时候，也要想一想你是不是他找到的对的人。

两个人在一起过一辈子，日常生活，养育孩子、照顾老人，你们还要共同面对很多的意外事件，一个让对方觉得“不累”的人多么重要！不管如何鸡飞狗跳，一想到有他在，就会觉得放心，能长舒一口气，能睡一个好觉。

这就是对的人了，男女都一样。

“真正的爱情需要什么？需要两个人在一起是轻松快乐的，没有压力。”《百年孤独》的作者加西亚·马尔克斯曾说。

我告诉好友，我不是情感专家，没有判断“累不累”的量表。但是，他对或不对，你的心里一定比谁都清楚。如果你还是不确定要不要跟他在一起，就闭上眼睛、抛却一些杂念，问自己：和他在一起，是更累了还是更轻松了？

【轻哲学】

关于爱情的哲学，《理想国》中把“另一半”的来源说得很浪漫。神在造人时，原本是雌雄同体的，可是呢，这样雌雄同体的人力量越来越强大，已经威胁到神的地位。所以，神把他们一劈为二，变成了两个人。所以，人们倾其一生都在寻找‘另一半’。

真爱你的人，心疼你的人也心疼你的钱

【引子】

“外在的眼睛看见现象，内在的眼睛看到本质。”

——周国平

【正文】

之前，一个“天才程序员因前妻勒索跳楼自杀”案曾被热搜过很长一段时间。

女方翟某有同学说，她是美女学霸，家境优渥，不至于骗婚；而男方苏某的家人则称，女方在与苏结婚之前，至少有两次婚史，且都很短暂。

很多人说，苏某是高智商零情商的代表。在这个骗子层出不穷的社会，人人都要补一堂爱情课。

骗子新招层出不穷，城里套路越来越深。最基本的爱情判断：真爱你的人，不仅心疼你的人，还会心疼你的钱。

（一）

程序员苏某没有想到，自己花费了毕生心血所开发出来的社交移动APP Wephone所发布的最后一条信息，竟然是“公司法人被毒妻翟某害死……”

2017年9月6日晚，苏某在网站留下一份网贴后跳楼自杀。

他和翟某通过世纪佳缘见面，3个月后领证，结婚后1个半月离婚。在此期间，苏某给女方买了很多奢侈品、衣服、钻戒，还有海南清水湾住房、特斯拉电动车……累计花费1300多万元。

离婚之前，翟某抓住苏某的两个弱点：1.有漏税行为；2.WePone有网络电话功能是，灰色运营。她威胁苏某，索要1000万和三亚的房产，如果不给，就要让他产品下架、倾家荡产。

最终，除了三亚房产之外，苏某还提前给了她660万。

他资金链断裂，又羞愧又绝望，跳楼自杀。

翟某就是这样一步步把苏某吃干榨净的。

2017年3月30日，他们在世纪佳缘见面，3月31日，女方主动说印象很好希望继续交往。4月1日，翟某发了自己的房产证照片，说自己名下有别墅，对苏某一见钟情，奔着结婚而去。完成了对苏某的心理建设。

2017年4月，交往半个月不到，她就要求苏某给她买了一辆特斯拉，总共花费近108万元。一个月，买了Kenzo的连衣裙、Dioe鞋、LV包……零零碎碎都有七八万，同时还成功拿到他的信用卡和密码。

2017年5月，她软磨硬泡要去海南旅游，就直接买了总价近320万元的房子，当月又买了20多万的Cartier钻戒、Fendi背包，零零碎碎又是几十万。

2017年6月，准备领证了，之前一直称“未婚”的女方终于打算公布婚史了。苏某想看她的离婚调解书。可以啊！先打88万元来！加上定结婚酒席、婚纱，前前后后又是100多万。

2017年7月，离婚，要1000万，还要海南的一套房。

前后交往仨月，一月买车、俩月买房、仨月就要他倾家荡产了。

他的哥哥说：“可怜我弟，相貌平平，竟然相信比他高半头的年轻美女对他一见钟情！！”

可是，付出越多，就越难以止损，他被深深套进了这个圈套。

（二）

苏某和翟某的事情尚未定论。我想说一说曾经暗访的婚托。

几年前，做调查记者，曾经卧底进一个婚托团伙。他们有非常明确的分工：“键盘手”负责在网络上搜索目标“钓鱼”；和目标见面并“恋爱”的人，则一定要高颜值、有气质。

“键盘手”们把QQ搜索栏定义为“25–45岁，男”，太小的男人没有钱，太大的男人不容易受骗，这个年龄段的男人最爱找情况。他们的聊天能力很强，但颜值可能不行。

常常，和男人聊天的“美女”，很有可能是一个40+的男人。他们会把自己包装成有稳定工作的乖乖女，最爱说自己是教师和护士，从网上下载漂亮姑娘的照片发给对方。

有人明知是骗子也要“被钓”，是为了找一夜情。

可也有人真心找对象，最后却上当受骗。

那些真心找对象却上当受骗的人，往往在日常生活中都有点儿害羞和内向，缺少感情经历，又急于找人恋爱结婚。

有一个郑姓男读者，是中学老师，生活比较封闭，离异之后一直没有找到合适对象。有一天，他在网上遇见了“真爱”，见面之后双方也比较满意，姑娘还时不时给他的儿子买点零食。

两个人谈了2个多月“恋爱”之后，姑娘有一次回老家，可一直没有音讯，手机也关机。

郑老师很着急。一个多礼拜之后，一个自称姑娘弟弟的男人用姑娘的手机打来了电话，说姐姐在回老家的路上出车祸了，“她躺在病床上也念叨你的名字。”

郑老师很惊讶，一心想去看她。“我姐说，她现在的样子很丑，不像你看到。她情绪不稳定，你最好别来。”“弟弟”的话听起来合情合理。

“弟弟”还说，肇事司机逃逸，姐姐的医药费都交不上了。郑老师先后3次打了10多万元过去，几乎是全部积蓄了。

他一心盼着女朋友能好转，自己能去看看她也见见她的家人。可几个月过去了，那个号码再也拨不通了……

家人提醒，是不是遇见骗子了。他们去报警，警察说：“你这种情况，我们今年遇见好几个了……”

婚托们拿到了钱，会分成，然后寻找下一个目标。

现在，婚托团伙已经完成了进阶，几百万上千万都很正常。

（三）

这个社会真的有很多黑暗面，有很多灰色地带。法律是保护的

“最底线”，但法律常常是滞后的。有律师分析，按照现有的法律规定，除非能够认定骗婚团伙，否则苏某家人维权不容易。

每一件悲剧的发生，“上帝视角”和“事后诸葛”都是于事无补的。每个人的成长过程，中都应该上一堂爱情课。

“假”的套路和骗局层出不穷，比电脑系统更新还快，比社交媒体更与时俱进。如果我们没有办法去识别“假”，最少最少，我们要知道什么是“真”。

一张人畜无害的脸，并不一定就是善。Ta若真的爱你，一定会想对你毫无保留、倾尽所有，Ta一定会带你见家人、朋友，让你了解Ta的过去，想让你参与Ta的未来。

一张会说情话的嘴，并不能代表爱。Ta若真的爱你，会愿意为你付出，心疼你，心疼你的家人，也会心疼你的钱。

【轻哲学】

当代哲学家周国平先生曾说：“外在的眼睛看见现象，内在的眼睛看到本质。许多时候，我们的内在眼睛是关闭着的。于是，我们看见利益，却看不见真理，看见万物，却看不见美，看见世界，却看不见上帝，我们的日子是满的，生命却是空的，头脑是满的，心却是空的。”现象与本质之间，其实是有一些共性的东西，而我们需要睁开内在的眼睛。

你的『家庭公司』在良好运营吗？

【引子】

“物格而后知至，知至而后意诚，意诚而后心正，心正而后身修，身修而后家齐，家齐而后国治，国治而后天下平。”

——《礼记·大学》

【正文】

（一）

一则《外婆三年帮孙女带俩娃，累出抑郁症》的新闻令人揪心。

事情是这样的。63岁的李阿姨是山东人，有一个独生女儿，大学毕业之后留在武汉工作。4年前，李阿姨到武汉帮忙带孩子，2016年，女儿又生二宝。李阿姨一口气没喘，就又接上了接力棒。女儿上班之后，李阿姨独自照顾老二，白天做家务带娃晚上还带娃睡，时间一长就失眠、无力，被诊断患上了中度抑郁。

她说，现在带孩子压力太大了，眼睛要时刻盯着，最怕孩子生病遭到女儿、女婿埋怨，而且还常因教育问题和女婿起冲突。

评论炸了。

“生个孩子，不仅要搭上自己，还得把自己妈也搭上。”“请问男人在哪里？”很多未婚未育的读者，都在说不想结婚、不想生孩子。

这是女人最好的时代，也是女人最坏的时代。

我们有了掌控自己命运的权力、机会和能力，却也因为要承担更多的工作和生活压力而心力交瘁。

若你不是不婚族，因为害怕而不婚不育，那毕竟是因噎废食的解决方案，最下策。我们绝大多数人都还是要走上结婚生子的平常道路。

孩子是甜蜜的负担，并不是让女人辛苦和不幸的根源。

来！让我们回归理性。

（二）

很多人形容女人怀孕生子是“10个月的皇后”，事实并非如此。

念念是我的好友，一年前刚做了妈妈。她漂亮、时尚，追求生活品质。

怀孕前三个月，她正在跟一个重要的单子，怀孕时正是合作最关键的时候，所以念念不敢跟单位说怀孕的事情。产检，念念借着和客户开会之前的几个小时迅速搞定；孕期反应大，她依然要去应酬，半途冲到洗手间吐个底朝天；不敢化妆、穿高跟鞋，脸色太差也只能自我安慰“我天生丽质”……

不敢太懈怠，因为一年的时间，职场上的变动太大了。

原本打算一直工作到预产期前一天，谁知道提前一个礼拜，念念在早会上直接感觉破水，一边打车去医院就一边给老公打电话。没多久早上孩子就出生了。

出了月子，念念就捧起了商务英语的课本，左手抱娃右手单词，产假结束她也通过了BEC高级考试。一上班，就拉到了国外客户的单子。

念念很得意：“产假一天都没浪费。”

念念是很多职场妈妈的范本。太多的人，根本就是努力“抽空去生个孩子”。

看起来已经做到满分的念念也有太多委屈的时刻，常常一个人坐在黑暗里哭。

怀孕于女人而言，最大的压力是“无力感”。

身体就不再属于自己。由于激素的影响，眼睛水肿、充血，视力变差；乳房变大，胀痛、下垂；腰椎、颈椎、脊柱都会弯曲，腰酸背疼；皮肤会变得松弛，脸上斑点颜色加深，腰腹腿甚至留下妊娠纹；变胖、水肿，整个人都觉得沉重又拖沓；变丑，不认识自己，最可怕的是会失去自信心……

有的高龄产妇，孕期前三个月要花费很多钱和精力在检查上，一旦有指标不正常就吓得整夜睡不着；有的很瘦，身体不太好，在床上一躺就是半个多月；有的呢，体质敏感，吐到靠打吊水续命……

孩子在肚子里成长，你看不见摸不着，早不得晚不得——女人所承担的身体压力和心理压力，男人一生都没有办法真正体会。

“怀孕生子于女人而言，就是一次‘历劫’啊！挺过去你就飞升上仙了。”

你要内心强大，强大到医生跟你说任何最坏的打算时，你都能坦然接受；强大到有足够的自信去接纳那个不美的自己。

那么，因为这件事很难，就不去做吗？

你去问任何一个妈妈，大概不会有一个人后悔经历这个过程。

亲自孕育一个生命，对女人最大的改变就是知道其不易，从而敬畏和感恩。

每一个妈妈，都曾对照着网上的照片，猜想着那个小小的生命每一周的变化；

每一个妈妈，都会期待着肚子里的小生命用胎动来和外界交流，从第一次小鱼吐泡式的微动到之后的拳打脚踢。

每一个妈妈，都会期待下班后TA一边喊着“妈妈”一边飞快爬（跑）向你的瞬间。

没有从头到尾经历过的人，不知道生命的神奇。那个和你有着相似眉眼的小孩，虽然很调皮虽然很闹腾，但确实是神奇的恩赐。

（三）

什么时候要孩子合适？

李筱懿老师曾这么回答：“当你觉得自己可以像单亲妈妈一样独自抚养孩子的时候。”

深以为然。

强大如念念，在回归职场之后遭遇了“暴击”。

孩子在肚子里的时候，还可以带着走，一旦生下来，就必须要有专人照看。

一开始，婆婆和妈妈都来，一个指甲刀，拿来拿去，最后不知该到哪里去找。太多重复劳动，让全家人都忙得团团转。两个老人理念不合，常常有小矛盾，还要耗费心力去沟通化解。

念念身心俱疲。

养育孩子，从来都是团队作战的过程，而且日常杂务也要讲究效率啊。每个团队都要有一个核心人物来定基本的规则，分工明确才能避免低效。

这个家里，得有人力资源总监，才能安排好家里每个人的位置，带孩子的、做家务的、上班的，井井有条；得有行政主管，管理好小到水电费的杂事；得有财务主管，管理好家庭收支、理财投资；得有个教育总管，以统一孩子的教育理念和方法；有个公关总管，负责家庭人情、送礼请客……

有的时候，甚至要设A、B岗，准备A、B方案，以免有意外情况。

为什么要强调“能像单亲妈妈一样独自抚养孩子”？因为单亲妈妈的资源要少很多，一个人要身兼多职，要辛苦得多。

后来，念念建了一个家庭群，教育理念全部听她的，婆婆和妈妈以两周为单位轮岗。她还买了洗碗机、扫地机器人等科技家居设备，提高做家务的效率。每到节假日，念念给两位老人买礼物、送旅游，给激励……

整个家庭运转良好，大家都松弛有度。

（四）

念念的丈夫一开始同样是个甩手掌柜，并且仗着自己妈在身边，什么事都不干。一开始，念念也天天抱怨丈夫，越说他就越不爱回家。

随着孩子的成长，念念自己紧张的情绪缓解，撒手由着丈夫给孩子换尿不湿、洗衣、喂饭、陪玩……渐渐的，孩子爸就成了下班带娃的主力军。

“男人和女人的感受真的不一样。即使孩子出生很久，他可能也未能适应角色。要给他时间，也要给他空间，而不是把他排除在育儿之外。”这是念念的心得。

男人们的性格各不相同，有的天生顾家有的喜欢社交，但你当初选择他肯定就有你的道理。如果你觉得当初眼瞎，就及时止损。如果你不承认，那就停止抱怨。

亲爱的，婚姻很难、生养孩子很难，可难道因为难，我们就不去做了吗？

不要害怕，和爱的人组成家庭，再共同养育一个孩子，本身就是一件快乐和幸福的事情。

《礼记》中说：“修身齐家治国平天下。”人生是需要经营的，也是可以经营的。一个女人，如果能处理好自己的情绪，又能处理好家庭、职场等各方面关系，包括孩子的养育问题，本身就需要智慧和能力。

【轻哲学】

实际上，在中国古代哲学里，很少有关于“经营家庭”的直接方法论，但是“修身齐家治国平天下”一直被推崇，就像是“一屋不扫，何以扫天下”。

语出《礼记·大学》，原文是：“古之欲明明德于天下者，先治其国；欲治其国者，先齐其家；欲齐其家者，先修其身；欲修其身者，先正其心；欲正其心者，先诚其意；欲诚其意者，先致其知，致知在格物。物格而后知至，知至而后意诚，意诚而后心正，心正而后身修，身修而后家齐，家齐而后国治，国治而后天下平。”

意思是，先考察具体的事物，获得知识；获得知识之后，就要正心诚意、降低欲望，学会真诚待人处事；再之后断恶修善，修炼自己的智慧；这时就可以把家庭精英好了，家庭经营好了的人再努力得到治理国家的能力；能治理国家之后呢，就要修炼让天下太平的能力了。

家庭是从个人提升到平天下的重要一环。中国一向的传统都是“成家立业”。“一屋不扫何以扫天下”也是这个道理。

将婚姻建成倒不了的围城

【引子】

“天下就没有偶然，那不过是化了妆的、戴了面具的必然。”

——钱钟书

【正文】

这事要从“小三上位”说起。

有关“小三上位”的剧情，传统模式是这样的：前任先隐忍、后警告、再撒泼上吊、最终离婚，从此消沉一蹶不振，或者干脆签字过得独立精彩，再狠点的改头换面来个“妻子的诱惑”;而小三必定是人财两收、养尊处优、春风得意，想尽办法生个儿子奠定一生地位；男人呢，则是抱着年轻貌美的姑娘走哪儿都倍儿有面子，然后努力挣钱外加保养身体……

（一）

资深心理咨询师朋友敲了一下我的头：乖，批准你看玛丽苏，别再看家庭伦理片了！

现实生活里，原配并没有那么不堪，小三也并没那么风光。

有一个咨询者，叫云，非常优秀：身材高挑、前凸后翘，长直发、大眼睛、爱看书，动能搞定百万合同，静能焚香阅读《心经》，瑜伽能轻松一字马，恋爱经验有两段，略过不表。

32岁，云认识了甲方公司老总。一来二往，引为知己，常常一起碰撞思想的火花。男人也很优秀，公司大股东，大她11岁，聪明睿智，没有大肚腩。

云从不是那种靠男人吃饭的人，也无意破坏别人的家庭。只是，年过三十、受过情伤，一心以为自己遇不到真爱的她，好不容易遇见这么个合拍的人，认为错过就就会孤老一生，纠结万千之后果断出击了。

要感情不要物质的小三，是可怕的。

男人出身贫苦，和发妻一起拼搏至今，有两个上中学的儿子。房、车、钱都留给了发妻，也算做得可以。

云和他结婚后，确实过了半年快乐日子。男人却愈发闷闷不乐，离婚再娶的事情不敢告诉乡下父母，更不敢带云回家。和发妻在一起多年，他们的生活圈子早已融合，知道情况的人对他变得客气，不知道的人打电话邀约总说“带上嫂子和侄子一起”。他甚至避免再出去和两人共同的朋友吃饭。

他最愧对的是儿子。每个月，他带着孩子出来玩时，孩子们总希望妈妈也一起。然后，他在原来家里的时间越来越多……

对感情有洁癖的云，非常受不了，觉得他根本不是以前的样子。

时间久了，男人越来越不能面对她，而她，也受不了一个人面对空荡荡的房间，常常在半夜大哭。

朋友说，这并不是最极端的例子。

还有一个咨询者，已经生了孩子，丈夫还是常常跑到前妻家里。最后，她只能把所有的感情寄托在孩子身上，眼睛恨不得长在孩子身上，最后，连班也不上了。

（二）

“小三上位”毕竟是小概率事件，但现实生活的中女人却常常面临着类似威胁。

常有人说，没有挖不掉的墙角，只有不努力的小三。

小三只有努力就够了么？不一定。

热播电视剧《虎妈猫爸》就设置了这样的剧情，董洁饰演的小三唐琳极其努力，前女友、高知、海归、心理咨询师、文艺女青年、女神风采不减，最重要的，是她和男主佟大为，聊！得！来！

佟大为面对家庭矛盾、工作压力，内忧外患，外在环境对她无比有利。还有，佟大为的妈妈喜欢她！

董洁步步为营，用一堆佟大为特别能接受的道理、学说，润物无声地暗示他：你不快乐你不幸福！佟大为这边她是春风化雨；赵薇那边她则笑里藏刀，用专业心理学说加她和佟大为浪漫的过去告诉赵薇：你们之间出了问题；对他们的女儿、家人，则是糖衣炮弹，哄得人家团团转。再偶尔来个楚楚可怜、假装坚强……

段位之高，看得人胆战心惊。

作为男主的佟大为差点沦陷，而沦陷的根本原因，还是佟大为与赵薇都觉得彼此的关系真的出了问题。这样的暗示和被暗示是极其可怕的。

放在任何一对普通夫妻身上，同样如此。家庭是一个封闭环境。家庭破裂可能是从外部撞击开始，但真正的裂开，一定是靠内部力量。

夫妻过日子，磕磕碰碰都是常有的事，然而，婚姻关系是最稳固的关系也是最脆弱的关系，经不起怀疑、误解，更经不起自我怀疑。

两个人之间，只要有一个人开始觉得“我们出问题了，我们过不下去了”，那必然会让裂缝越来越大，给了外界可乘之机，如果不能及时修补，就很容易被攻破。如果两个人都有不好的心理暗示，简直是不攻自破。相反，两个人或者其中一个人能坚定地维护情感维护家庭，裂缝也会慢慢被修复起来。

《虎妈猫爸》里，三人形象非常鲜明。男主佟大为是个烂好人。一开始，女主赵薇的处理态度非常好，百分百相信老公，和董洁做朋友。可后来随着家庭矛盾加深，她自己内心开始动摇。矛盾激发。好在，这时佟大为坚定起来，最终一笑泯恩仇。再回头看，前面的矛盾都不是事儿了。

专业分析到此结束，听得我一愣一愣。朋友笑说：“人人都说婚姻是围城，但要保证这围城的坚固也不容易。如果说一个家是一个围城，离婚了并不是说围城倒塌，而是男女主人的出逃，但围城还在。”一座坚固的围城，根基是两人的感情，孩子、一起经历的岁月、两个人共同的社会关系……这些都是围城的砖瓦。围城里有了感情、有了活力，就有了绿意有了生机，那就是“家”。

即使小三攻城，男人出逃，坚固的围城还是不倒的。有的男人选择重新再来，和另一个姑娘一起重新砌起一座围城；另一些男人则怀念这个依旧花园整洁、欢声笑语的围城，最后放弃那个正在建设的，回到原来的地方。

最厉害的小三，是一边攻城，一边笼络男人的心、男人的社会关系，重建一座城。就像《虎妈猫爸》里的董洁。

当然，如果围城本就不牢固，在小三攻城时就倒塌，或者在男人出逃后荒弃，小三上位后的结局就不太一样了。

你不是要在城里等着他回头，而是要建一个没了他也依然生机勃勃的城。

【轻哲学】

在唯物辩证法中，有个“内外因辩证原理”。事物的内部矛盾（也就是内因）是事物发展的根本原因，而外部矛盾（也就是外因）是事物发展的第二位原因。内因是变化的根据，外因是变化的条件，外因通过内因起作用。

用一句大俗话说，就是“苍蝇不叮无缝的蛋”。

婚姻关系同样如此。

如何鉴定你是不是找了一个『佛系男』？

【引子】

“在爱情中总是免不了有那么一点点疯狂，但疯狂中也有它的理由。”

——尼采

【正文】

90后的“佛系”生活方式已经刷爆了朋友圈。

当我看到“佛系恋爱”时，有点儿不淡定了。

“佛系恋爱”的关键词是“你看吧，我都行”。1992年出生的姑娘说，和男朋友京津异地恋，平时简单微信联系，几乎不会在公开场合提起他，即使是男方过生日也忙忘记了，然后发个微信道歉。人生大事的问题（比如要不要结束异地）讨论了，没结果，就算了；不是人生大事的问题，比如去哪旅游、晚饭吃什么，谁先提出来就听谁的……也吵架，但达成共识，听到挑衅的词汇，对方就不接茬。

恕我直言，如果是我，这样的佛系爱情，早就结束了。

在爱情和婚姻里，比油腻男更可怕的是佛系男。

（一）

记得3年前，好友丸子就喜欢过一个“佛系男”。

他们相亲认识。丸子第一次见他时，印象不错。他话不多，为人彬彬有礼的，看得出来家教也还不错。俩人吃完一顿饭，气氛说不上很热络，但也没什么问题。结束后，丸子主动加了他的微信，男孩也同意了。

介绍人的反馈是“他说还不错，没拒绝”。丸子心里挺开心的，就等着他主动再约。可是，三个星期过去了，对方并没有行动。你看他朋友圈吧，他也并非在忙工作啊，周末旅旅游，平时上上班、打打游戏。

丸子有点儿不甘心，心想可能人家害羞，那既然对上眼了，女生主动一点也没啥，约他吃饭！

嘿，男孩果然答应了。

丸子挺高兴，后来又主动叫了他几次。这个男孩子呢，每次叫了他就来，吃饭、看电影也都挺配合。就这样交往了两三个月，他并不主动，但也不拒绝。

他会对丸子的朋友圈点赞，但从不评论。他也会付饭钱，但从来不主动约请。他特别有自己的节奏，比如说，周日是绝对不会出来的，因为所在的游戏部落要团练。他从不表达对丸子的态度，看不出喜欢还是不喜欢。他从来不带丸子见朋友，好像也没太多线下的朋友。

丸子很困惑，常常找我吐槽。不再联系吧，又有点儿不甘心，拿丸子的话说，“怎么死的都不知道。”

有一天，丸子甩给我一个链接，上面赫然写着“佛系男子”。没错，“佛系男子”这种说法在2014年就有了。

最开始，是一本日本杂志介绍的，被称为男性新品种。他们外表看上去和普通人一样，但内心往往具有以下特点：自己的兴趣爱好永远都放在第一位，基本上所有的事情都想按照自己喜欢的方式和节奏去做。总是嫌谈恋爱太麻烦，不想在上面费神费时间，也不想交什么女朋友，就单纯喜欢自己一个人，和女生在一起会感觉很累。

佛系男子在恋爱里，最可怕的，是不拒绝又不主动的态度。

他们好像对你不错，但其实自己都不知道动没动心；他们可能也想做点什么改变现状或更进一步，但“懒得”花心思；他们有自己的生活节奏和固有方式，最怕别人打扰；他们的恋爱结婚，最好都由父母安排包办，并没有什么意见，因为“反抗”也是需要精力成本的啊！

丸子给他发了最后一条微信：“以后不要再联系了。”那个男孩回了一个字：“哦。”

（二）

很多婚姻，随着时间慢慢退去激情，也变成了“佛系婚姻”。那个你枕边曾经耳鬓厮磨、激情澎湃的男人，最可怕的可能不是变成大腹便便、有脱发迹象的“中年油腻男”，而是变成说话聊天“嗯、嗯、哦、好”，吃饭做事“都行，随你”的“中年佛系男”。

冉姐是我在健身房认识的，性格很开朗，气质不错，事业小成，家庭幸福，典型中产。瑜伽房的小伙伴，每每都羡慕地夸她。

有一天，她泪眼婆娑地拉着我说：“你得帮帮我。”

“有情况？”“没有，我们俩都挺好的，事业也都稳定，他也按时回家，据我观察，应该没有啥情况。”

“吵架了？”“也没有，哪吵得起来，平静得很。”

“那是怎么了？”

“我们像是，用假装来维持中产阶级标配的岁月静好。”

“每天早上，我会做好早餐，拍照晒完之后，再和他一起吃。别看你们总给我的早餐点赞，但他吃早餐时的表情从来没有变化。无论是我熬了一晚上的牛肉汤，还是煎煳了的鸡蛋，他从不在意。我问好吃吗，他说挺好。问他想吃啥，他说随便。”

“我减肥有成效，他却看不到任何不同。有一次，我很生气，一口气买了5条新裙子，故意挂在卧室衣架上，一天换一件，然而，他像是根本看不见，从来没有赞美也没有批评。”

“送父母的礼物，他说‘都行，你决定’；结婚纪念日、我生日，他从来不记得，当然他也不记得他自己的；他出差，他会早一个电话晚一个电话，但只是习惯吧，从来不会有什么实质性交谈；我出差，他会问我什么时候回来，但只是象征性地随口一问，从来不会真正记得……”

我问：“那有性生活吗？”

冉姐说：“从不主动，也不拒绝。没有前戏，完全是交公粮。”

“吵架吗？”

“我气不过，也会吵啊。我在客厅骂，他就躲进书房。”

冉姐说，老公好像越来越“平静”了。一开始，她安慰自己他可能是太累了，但时间长了，她觉得不对，憋得慌。

有的时候，发过火的冉姐还会自省：“是我太暴躁了？他也没啥实质性错误。”

我没有给冉姐任何建议，这并不好评论。

一年之后，冉姐告诉我，她离婚了。

“那样的生活，让我越来越没有自信。我想重新看见我自己。”

是的，他没有出轨，按时回家，上交工资，没有不良嗜好。

可是，他不关心你，不赞美也不批评，没有什么满不满意。他完全进入了自己的世界，有自己的步调，根本不会为了你改变。

谁说这样的“无欲无求”，不是另一种“自私极了”的冷暴力呢？

（三）

知乎上有人问：“如何征服佛系男子？”

有人回：“神经病啊。知道他是佛系还要去惹？”

佛系和高冷一点都不同。很多高冷的人，内心是火热的，遇到了那个对的人，分分钟化身霸道总裁。

可那些佛系的人，内心却是冰冷的。他们外表或许光鲜，在事业上也有野心，但在感情上却不愿意负责。

恕我直言，自己保持着佛系生活并没有什么不对，但最好不要恋爱成家，用冷漠去伤害另一个人。

有一个心理学实验证明，爱这种看不见摸不着的东西，其实是有物质性的，是柔软的、温暖的。

那种佛系的爱情，那么丧，不要也罢。

【轻哲学】

时下流行的“丧文化”，某种程度上是一种对现实不满的反叛，可追溯到古希腊时期的“犬儒主义”。

早期的“犬儒主义”，并不像现在一样充满贬义，本意是指人不应被一切世俗的事物，包括宗教、礼节、惯常的衣食住行方面等习俗束缚，提倡对道德的无限追求，同时过着极简朴而非物质的生活。

“丧”蕴含着反抗精神，驳斥主流“有用”的世界，有一种虚无性。

可是，爱情和婚姻本身，应该是有热情和温暖属性的啊，选择了，就要负责，毕竟，佛家弟子并不会结婚。

鲜肉和玫瑰，如何能相配

【引子】

“好的爱情有韧性，拉得开，但又扯不断。相爱者互不束缚对方，是他们对爱情有信心的表现。谁也不限制谁，到头来仍然是谁也离不开谁，这才是真爱。”

——周国平

【正文】

2017年的娱乐圈，何洁的离婚大概可算是年度感情事件之一了。

最开始听到这个消息，是很震惊的。曾经，他们也是别人眼中的幸福家庭。赫子铭还被做成过“好男人表情包”。

（一）

原本以为又是“出轨”和“渣男”桥段，可后来发现并不是。

这不是白羊女和狮子男的故事，这是一个快速成长、风风火火的“新妈妈”和一个原地转圈、一脸懵逼的“巨婴爸爸”的矛盾。

何洁面对离婚曾发声：“沉默，因为不想成为小丑的同谋；隐忍，是对生活最大的尊重；奔波，因为母爱赋予我能量；不恼，我比想象中更加坚强。”

而赫子铭，则被称拨打了情感咨询电台《叶文有话要说》，诉说妻子要离婚还要自己净身出户。他诉妻子强势、怀疑她出轨，连性生活不和谐都说了出来。妻子成功早却独断、挣钱多却大手大脚，脾气暴躁（以前他能忍现在不能忍），三年两个娃越来越不像以前的她……

明星也是普通人，会生娃发胖，也会产后抑郁，甚至会将烦恼通过电台来倾诉。无心八卦，也不想深挖黑历史，只是唏嘘：多少感情毁在了结婚生子的那几年。

何洁的这场婚姻，在娱乐圈算是走得挺快。2013年结婚，何洁27岁，普通女孩的适婚年龄；2014年生子，这是婚后第一年；2015年生女，紧跟“二胎时代”。

没有晚婚晚育，也没有为了事业暂缓家庭计划，何洁的经历和大部分普通女孩一样。她经历产后发胖、事业停滞，还有产后抑郁，还有从女孩到妈妈的迅速成长，从浪漫的恋爱、轻松的二人世界迅速切换到三口、四口之家，这也和大部分姑娘相近。

赫子铭也和大部分男人类似，恋爱时浪漫有余，结婚后却稳重不足。奔四的年纪，两个孩子，事业并没有大起色，有点懒惰还有些女人接受不了的习惯（打游戏），面对家庭事务和闹腾的孩子，并不能迅速进入角色，想做点什么却有些手足无措。

她身材走样、事业暂停焦虑极了，他认为她情绪暴躁，不知道她真正恼怒的点在哪里；

她面对两个孩子手忙脚乱又不肯求助父母家人，他带着儿子玩游戏，不明白要怎样有效地为人父；她积极进取要买大房子、进行高档装修、提高生活质量，他认为她大手大脚，完全get不到她的心思。

她焦虑得像头母狮子，他迟钝得像是永远睡不醒。

所以，现在看来，真人秀里赫子铭总是担心何洁有没有饭吃，是最苍白的关心，就像男人们万能的“多喝点水”一样。

他挠不到她的痛点。

（二）

已婚已育的姑娘们，这样的场景和感受是不是很熟悉？

最可怕的是，有的男人不仅无措而且嫌弃甚至出轨。

一段关系的结束，作为旁观者，比起底、猜测和讨伐更合适的做法是思考。

我并不想说一些讨好女性的话，比如“你自己已经那么强大，既然这个男人没用就不要了”、“没有他你也能活得更好”之类，大部分说这些话的人，并没有处在那种艰难的抉择之下。

恋人关系、夫妻关系、家庭关系，并不是只有简单的评判标准。你和他幸福相恋、许下一生承诺，必然是奔着一辈子而去。虽然“永远”很虚，但相聚大抵都是希望着“永远”的，而不是为了证明“离开我也可以很好”。

一个女人，家庭事业都幸福、顺风顺水的乏善可陈，或许也要好过经历婚姻挫折而后涅槃的励志故事。

结婚生子那几年，迅速成长的女人和原地转圈的男人要怎样才能磨合顺利呢？

一个医生姐姐曾经跟我说，男人和女人本来就是不同的物种，连生理身体构造都不同，怎么可能做到完全的理解？

于女人而言，如果能充分认识到这一点，心理期待就会小很多。

其次，夫妻是合伙人，各司其职才会有平衡的家庭和工作。刚怀孕时，我经历着忙乱和暴躁，一个前辈跟我说："不要着急，你就把整个家庭当作一个公司，你就是CEO，老公要做啥、婆婆要做啥，安排清楚。"

准妈妈和新妈妈其实是家庭的主角，要承担的很多。

何洁这个"CEO"，其实很累。对两个孩子，她凡事亲力亲为，每天接送，连半夜收工都要一手牵一手抱。

（三）

很多女人如何洁，很强大，却活得沉重。

女人当了妈妈，很不容易"放下"。孩子是自己身上掉下的肉，身心都牵挂，总想尽力给他最好的。

而女人当了妈妈，也应该学会"放下"，放下浪漫的不切实际的幻想，也不死磕一己之力做不到的事情。不狼狈才更从容，这是女性"柔软"的力量。

也拿这件事来问男性朋友。

有人说，男人在心理上特别擅长两件事：自我麻痹以及逃避。

曾经有一个叔叔，和妻子闹了两年离婚，最后都上了法庭，他还认为她只是闹闹而已，并不是真的想离。直到法院已判，妻子拎着箱子离开家，他才惊觉原来这是真的。

太多原地转圈的男人，在思想上和身体上都会有一定的惰性，总觉得日子就这样一天一天过，小问题不断，大问题也不会来。

他们自我麻痹，笃信这一点，所以懒得去思考问题真正的原因，也懒得去找方法解决，一味躲和逃。

一直以来，男人在工作和事业中更容易获得认可和成就感。他们在工作中冲杀、想办法，回到家庭问题则都开启“懒人模式”。

男人是比女人更理智的动物，如果能更主动地去解决家庭关系中的难题，效果大概会更好。

有的“巨婴”总委屈地说：“我会长大的”可是，对不起，你还没长大就game over了。

据说，何洁曾对赫子铭说“滚”，赫子铭走后她睡着了，赫子铭就在楼下呆了一夜。

荷尔蒙爆棚的林丹在出轨后发了没有标点符号的微博“道歉”，还被谢杏芳称“有担当”。

马伊琍比文章大8岁，面对伤害是一句“婚姻不易，且行且珍惜”。

时间是最好的老师。再看看闹婚变的这几对，无论分没分开，谁的生活不在继续呢？

每对夫妻都有自己的相处模式，却有类似的脉络：热恋、允诺、结婚、磨合。只是，有的消磨了彼此，有的却磨成了两个相合的齿轮，一起滚滚向前。

即使不能完全理解，也请试着以同理心来换位思考。

于女人，婚前，他是鲜嫩多汁的鲜肉；婚后，希望他成熟稳重，成为味道十足的腊肉——请做好心理准备，给他晒太阳的时间。

于男人，婚前，她是娇嫩却带刺的鲜艳玫瑰；婚后，希望她花开不败、永远美丽又可心——请给她呵护，关心她的外表也关心她的内心，为她遮风挡雨、为她分担。

【轻哲学】

周国平还曾说：“爱情常常把人抽空，留下一具空躯壳，然后扬长而去。所以，聪明人始终对爱情有戒心，三思而后行，甚至于干脆不行。”

在这个出轨越来越多、爱情越来越远的时代，希望每个人都能对爱情有敬畏之心，愿意花时间去浇灌。

你有和爱人一起面对生活的勇气吗？

【引子】

“人的本质并不是单个人所固有的抽象物。在其现实性上，它是一切社会关系的总和。”

——马克思

【正文】

“下午1点多，我突然接到一个陌生的电话说：欧某坠楼死了。’当时听得我心惊肉跳，也吓得全身发抖。我急忙打的到现场，却只看见我家老公瘫倒在中兴研发大楼办公楼的台阶上，周边到处都是脑浆和血，现场惨不忍睹！”

“也许对于中兴、对于这些领导，这只是倒霉的一天、一周、一个月。但对于我、对于我的两个孩子和四位父母，从今以后的生活就彻底昏暗了。”

不久之前，中兴集团旗下子公司层管理干部欧某在深圳跳楼，结束年仅42岁的生命。他的妻子写下这些话。

他有两个孩子，9岁的西西和2岁的贝贝。媒体报道，朋友雷女士曾在事后去欧家，“西西在家剪纸，一张接着一张，满地都是碎屑。贝贝还小，还不懂这些。”西西曾打电话给妈妈，形容自己睡不着觉，压力很大，胸口感到很闷，还哭着说过：“爸爸是个骗子，说好了要出去玩的。”

事情刚曝出那会儿，有人传言欧某的妻子是全职太太。这令人更加忧心。妻子丁女士后来辟谣，称自己是一家公司的会计，年薪也有20万元。

让人舒了一口气，最起码，这个家庭的未来还有一份希望。

中产阶级，看似中坚力量，其实是压力特别大的“夹心层”。

女人，有一份足以养家的工作，不仅是为了自己的“自由”。

我做过一次夫妻的双向采访。

（一）做不了你的靠山，但起码是你的退路

女主人：木子

年龄：40岁

职业：国企职工

家庭情况：房子3套、车子2辆，老人3个，孩子3个

木子的老公叫大何。大何是一家广告公司的合伙人，虽然公司规模不大，但是业务能力不错。

“我们也曾闹过离婚。”那是大何创业第一年，木子正巧辞掉工作在家，又发现怀孕了。大何的钱都投在了公司里，木子只好

动用了嫁妆钱来支撑家庭支出、人情往来、产检生娃……

“有一天，我在水果店看到刚刚上市的车厘子。害喜，真想吃。没看价格，挑了一些，上秤，近200块钱。当时我就傻眼了。短短10秒钟，脑中的小人打了好几次架。我借口跟店员说再买点别的，然后仓皇逃出来。”

好巧不巧，木子的妈妈又做了个小手术。“住院时，我交了5000块。我妈后来让我爸把钱塞在我的枕头下，还多塞了1000说让我补身体。我哭了一整晚……”

他们的生活表面光鲜亮丽，可其实不堪一击。

她到处找兼职，差点被骗，常常会想：“找个老公到底能干吗？”人生黯淡，常常和大何吵架。

有一天晚上，大何出差到外地，喝酒到凌晨3点，给她打电话，舌头都捋不直，哽咽着说对不起。听筒里传来嘀嘀的汽车喇叭声。

木子猜测他正独自走在马路上，担心地问他在哪里，可他根本就听不到，只是一个劲儿地说：“对不起，老婆。”

那个瞬间，木子完全原谅了大何。

谁都不容易。

而男人，更喜欢把压力默默藏在心底。他们甚至破釜沉舟，只允许自己成功，不允许失败。

大宝5个月，木子立刻上班。她重新配置了家庭资产：她的工资用来还房贷，负担家庭开支，大何的钱则全部用来做大宗投资。

到第三年，大何的公司走上正轨。他心疼她辛苦，提出可以让她辞职当全职太太。

木子没有同意。她读了张爱玲的那句话给他听。

“中年以后的男人，时常会觉得孤独，因为他往后一看，都是要依靠他的人，却没有他能依靠的人。”

“我不想你成为这样无助的中年人。所以，再累也要做一份尚可的工作，挣一份不多但足以维持全家生活的钱。这样，如果你累了，也可以有所依靠。不是那个厉害的靠山，但起码可以是暂时的退路。”

（二）谁不在负重前行？还好有你一起

男主人：大何

年龄：42岁

职业：广告公司合伙人

“我是个挺大男子主义的人，总觉得应该由男人来养家。”大何说。

木子怀大宝那一年，是他们家最难的一年，也是大何觉得压力最大的时候。更焦虑的是，总觉得前途难卜，又照顾不好家里。

“出差那晚的电话？哈哈，我记得我打过，但喝多了，真心不记得说了些什么。其实那天早上走之前，我偷看了木子的手机……”

大何看到的，是木子手机里的记账软件，家庭开销、待产包、产检费用、大何妈妈生日红包，一个月的费用加起来轻松过万，这些是细碎的真实的省不掉的日常生活，大何觉得自己特别没用。

木子妈妈生病那次，他爸背着木子给大何打过电话："你不用来医院，有时间多陪陪木子，我看着她挺着大肚子在医院排队，心里针扎一样难受。她也曾是我们的公主……"

木子产假结束时，大何其实不想她去上班，但没有说出口。

"实话说，我有点儿犯怂，公司收支刚刚持平，家庭压力也大……"大何和木子之间，达成了某种惺惺相惜的理解。

"我曾对她说对不起，没能实现结婚承诺——让她过得像公主。她说，没关系，谢谢你让我成了你的战友。"大何哈哈大笑。

直到公司走上轨道，他又提出让她回家做全职太太。

在大何心里，始终有一个"女主内男主外"的情结。

"她没同意，我也理解，也感激。有时候工作很累，我也会大吼一声，去他的，老子不干了，回家带娃！"

这年头，谁不在负重前行？

她让他，有了退路。

（三）"三问"，不敢倒下的中产阶级

某种程度上，中产阶级是好看的泡沫。几个问题就能让他们焦虑不已。

银行贷款还完了吗？父母身体不好怎么办？孩子的教育规划做好了吗？

"不敢倒下，因为背后空无一人"是很多人的内心独白。

而稳定的中产阶级家庭结构，夫妻双方，是相扶相携的关系。

千万不要催一个女人去做全职太太，更不要催一个女人去生二

胎，那一份即使不多的收入，可能就是一个家庭的退路，关键时候是能救命的。更何况，多数妻子的收入并不低。

这不是鸡汤，而是家庭资产配置的必修课。

“不要把鸡蛋放在一个篮子里”，是所有投资专家都会给的建议。

成熟的夫妻关系，不是“你买单我接受”，而是“你耕田来我织布，我挑水来你浇园”。

一个男人对女人的尊重，不是独自死撑，——宁愿自己累死累活，也不让女人出去挣钱，而是把她当做生活的战友，愿意在她面前展现压力包扎伤口，也愿意信任她，共同对外、分担压力。

一个女人挣钱的目的，并不仅仅是让自己过得好、有尊严，更是让自己有能力有底气，去和爱的人一起挑起生活的重担。

【轻哲学】

写这篇文章时，脑子里就冒出了马克思的这句话——“人是一切社会关系的总和。”现在的独立思潮、女权思潮，有的时候会矫枉过正，变成了“精致的利己主义者”。其实，对于每个人来说，我们保持经济和精神独立的同时，也要清楚，我们既有权利也有义务。

在社会学里，家庭是基本的社会组织结构。当面对困难时，你不是一个人，无论男女。

chapter 05

10万+的成长：喜欢更好的自己

那个更好的『我自己』，就是幸福本来的样子

【引子】

“你不是爱情的终点，而是爱情的原动力。”

——赫尔曼·黑塞

【正文】

冯德伦的电影《侠盗联盟》里，舒淇变成“年度美贼”，或摩登，或朋克，或邻家，或文艺，或知性……文能轻松搞笑，武能格斗飙车，一部电影展现了舒淇高贵、痞气、清纯、张狂等N个面。

结婚以来，媒体数次猜测婚变。这次，被问及“导演对你的表现满意吗”，舒淇笑答：“他敢不满意吗？”她说，相识这么多年，冯德伦一直在进步，每次一见都有新东西。比如《侠盗联盟》，三个月时间拍摄完成，高效率有赖于冯德伦对资金、人脉的整合，安排好一切，让演员开心拍戏就行。

冯德伦生日那天，舒淇在Ins写：“你乖乖地努力工作，最重要是身强体健，这样才可以好好保护，让我可以在家无忧无虑地吵吵闹闹，到处蹦蹦跳跳。”

相识20多年，他们互相激发出了最好的自己。

（一）

帮助Ta发掘潜力，大概是幸福夫妻的参考标准之一吧。

几年前，采访了一个做高新技术行业的女企业家L姐。

她是本地的闺秀，从小接受的是传统的教育。

这造就了她端庄但有些保守的个性。

90年代，她和丈夫M教授恋爱，当时M教授还是大学里一个讲师。

按照M教授自己的话来说，他是个“表面斯文，内心狂野”的人。他有超强的好奇心和旺盛的精力，思维非常跳脱。

周末的相处场景常常是这样的：L姐捧着一本书坐在书房里，M教授说：“我出去了。”L姐眼睛看着书点了点头……两个小时后，M教授回来了，L姐还坐着没动。

“你动一动嘛！”M教授说。L姐点点头，从书房挪到了客厅，继续看书。

这样相处不累吗？

“累啊！”L姐笑说，但M教授很快帮助她激发了潜能，找到了另一个自己。L姐属于文艺范儿的，有点儿内向，不爱社交。M教授呢，虽然觉得她生活无趣，但一直带着欣赏的眼光看她，偷偷把她写的文章拿去投稿，结果L姐成了专栏作者。

M教授就鼓励她和文友聚会，有时还把文友请到家里来，一群人天南海北地聊，又相约去看电影去旅游。和志趣相投的人在一起，L姐很容易就放开了自己，这一群人成了一生的朋友。

30岁时，M教授有了公费出国的机会，他鼓励L姐一起去。L姐心向往之，但不自信：一是语言关过不了，二是经费跟不上，三是担心家里老人，四是当时他们想要孩子。

M教授只问："你内心里想不想去？"思考了两天，L姐给了一个答案："想！"

M教授为她制定了两个月的英语突击计划，又请了个表妹照顾L姐的父母，再把家里的钱进行了规划理财。后来，L姐终于拿到了签证，两个人在国外学习了一年时间。

孩子3岁时，两人商量创业。L姐负责管理、掌控大局，M教授一边继续在高校任教一边提供技术支持。

"我年轻时的想法，就是做份稳定的工作就好。"L姐说，从来没有想到自己在40多岁时会是这个样子。

M教授带着她，解锁了很多新技能：写作、摄影、爵士舞、考注册会计师、学公司管理……即使年近半百，他们依然有固定的周末学习时间，一起学一些新的东西。

所以，你看到的L姐，会画画、会跳舞、会做瑜伽、会潜水……看朋友圈，她最近在学烘焙。

M教授之所以能挖掘出L姐的潜能，是因为他始终关注着她的内心，对她内心的"不安分"很了解，又善于引导。

夫妻之间是有能量流动的。有的夫妻关系，被抱怨和负能量笼罩，彼此消耗；有的夫妻，总有能力传递积极阳光的正能量，互相学习，彼此成全。

（二）

曾在签售会上多次说新凤霞和吴祖光的故事，因为实在太喜欢，总忍不住拿出来做榜样。

新凤霞出身贫寒，6岁学京剧，13岁学评剧，15岁任主演。建国之后，她任北京首都实验评剧团主演兼团长。周恩来总理曾说："可以三天不喝茶，不可不听新凤霞。"

新凤霞长得好、会唱戏，人红又聪明，但没上过学没什么文化。她的爱人吴祖光出生世家，是当时有名的"文化人"。

结婚时，吴祖光给新凤霞布置了一个书房，新凤霞带着她一捆捆的小人书就搬了过来。

一有空闲，吴祖光就教她认字、读书。

新凤霞是齐白石的亲传弟子，有绘画天赋和功底。在吴祖光的鼓励下，她画了几千幅花鸟虫作品。新凤霞的毛笔字不行，吴祖光就为她题字。

他还鼓励新凤霞写文章，想到什么就写什么，想到哪儿就写道哪儿。吴祖光回忆："凤霞听我的话，提笔就写，写得那么多、那么快，她的思路就像一股从山顶倒泻下来的湍急的清泉，不停地流啊流……写得最多时一天写一万字！"

不会写的字，她用别字或符号代替，比如不会写"杜"，就画一个小肚皮，惹得吴祖光哈哈大笑。

每天，新凤霞都要把写的文章给吴祖光看。吴祖光一点点为她修改、整理。

新凤霞认为自己一生最大的转折，就是这门婚事，让她进了一个"满室书香的文化人家"。

他们，以这样的方式成就了彼此。

（三）

夫妻是承诺着想要走过一辈子的。

有人说婚姻制度终将消亡，是因为婚姻制度“反人性”，现在的人能活那么长，一辈子都对着同一个人难道不烦吗？

他们只看到婚姻中人的“动物性”，却没看到“人性”。

有的感情如酒，越陈越香。在这漫长的时间里，两个人共同经历岁月风雨，变成了共同体。能让感情历久弥新的，就是那不断发生的“惊喜”。

可能是一件新鲜的东西，一次发型的改变，更是不断解锁的新技能。就像是，两个共同作战的游戏战友，互相帮助获得新武器，发掘更新鲜的自己。

“你不是爱情的终点，而是爱情的原动力。”德国作家黑塞的这句话，可为更多的年轻人所学习。人的终极任务是“找到自我”，而爱情也是帮助你找到自我的方式之一。

每个人都是一座宝藏，每个人甚至都不能完全了解自己，能帮助你激发出最好自己的那个人，难道不是对的人吗？就像舒淇和冯德伦，冯德伦看到了舒淇的N个面，舒淇了解冯德伦的每一点进步。

【轻哲学】

赫尔曼·黑塞，德国作家，诗人，1946年获诺贝尔文学奖。他的大多数作品，都紧紧围绕人对生活的两极性的认识。他对中国哲学特别是老庄哲学颇有研究，道家思想对黑塞的人生观和世界观以及创作产生了重要的影响。

怎样才能更有气质呢？

【引子】

为学大益，在自能变化气质。

——宋·张载

【正文】

长得美的不如有气质的。每次看微信文章，只要是“如何提升气质”之类的，肯定阅读量都很高，足以说明女孩儿们对“气质”的追求。

是的呀！长相是爹妈给的，年老而色衰，而气质，多是后天练就的，年龄越大越有味道。美女有很多，气质却不相同，赫本式的优雅、梦露般的性感、高圆圆似的清纯舒适……款款不同，像是高定，独一无二，甩整出来的批量锥子脸几条街。

可是，怎样才能更有气质呢？

（一）

要说气质养成记，网上一搜一大把：体态要好，坐有坐相、站有站相；干净得体，指甲整洁、头发整齐，衣服再旧也要干干净净……

漂亮在皮相，体态在骨，气质却在血液灵魂。

我有一个多年不见的远房表姐，家里长辈小辈人人都夸她，这次过年在亲戚的婚礼上得以重逢。

她长得不算美，眼睛不大、鼻子不够挺，但一群表姐妹在一起聊天，数她最引人注目。谈吐好，东家长西家短，她只笑着听，从不乱搭话评价；素质高，洗漱完后，必定要把洗脸台擦得干干净净、地上头发都捡起来，毛巾挂得整整齐齐。她的儿子，5岁，不像别的熊孩子到处乱跑乱叫，想借我的iPad看动画片，先咬他妈妈的耳朵，征得同意之后再跑到我跟前，礼貌地问我“可不可以”，出门还会帮我开门，看完之后用餐巾纸擦干净屏幕再还回来，绅士极了。

看一个女人的能力、素质，她的孩子绝对是终极评价标准。

表姐的家境并不太好，父母文化程度也不高，还有点重男轻女。从小，她就不让父母操心，但是在读书这件事上一直坚持，几度顶着父母的压力坚决不退学，最后考上了大学。

到了大城市，表姐也从来不自卑，打工挣钱，但她不紧紧巴巴地抠钱，该添置的衣服、化妆品也都添置。到大三，就自己在学校门口租了一个很小的店铺卖花，花艺功夫都是她自学的。

她和同学关系处得很好，阳光开朗，爱笑爱玩。姐夫说，当时有很多男生追她。

其中有一个男孩，家里很有钱，送她几千块一只的包包。表姐拒绝了。

她被室友“劝收”：“追你嘛，过生日送你一个好包怎么了，还不得让他付出一点啊！”

表姐清醒得很，一般的礼物她会收，因为还得起；太贵重的，就拒绝吧。她的逻辑是：如果以后真和那个男孩子在一起了，也让人家认为她不是因为钱；若不在一起，就更不能收这个礼物了。

后来，表姐找了普通家庭出身但同样上进的姐夫，一起去了上海，共同奋斗，已在上海买房安家。聊天中，她说，现在的女孩想法完全不一样。比如说，同样是被追求时收礼物，身边很多姑娘都攀比着看谁的礼物更贵重，想的都是——如果在一起了，那我收这些贵重的礼物理所当然；如果不在一起，那我现在能收多少是多少，不收白不收。

表姐从不乱评判人，那天聊得high多说了两句：“毕竟每个人有每个人的三观和生活方式，哪样的都可能会得到幸福。但是，一个女孩子，还是不要喜欢占便宜比较好，你占了人家多少钱的便宜，也许有一天在人家心里，你就只值那么多钱。”

（二）

表姐说的这件事，让我想到了沈从文的妻子张兆和。当年，沈从文苦追张兆和时，特意卖了一本书的版权，托巴金买了托尔斯泰、陀思妥耶夫斯基、屠格涅夫等人的精装本英译俄国小说。张兆和觉得太贵重了，只留下了屠格涅夫的《父与子》和《猎人日记》，表示心意收到，其他的都退了回去。

张兆和和她的三个姐妹被称为“合肥四姐妹”，是真正的名媛。

现代社会的姑娘们，都在追求更好的更有品质的生活，但很多人简单地将这样的生活等同于“贵”。做“啃老族”、月光族”，去买一个价格不菲的包包；找男朋友也要找有钱的，期待找到一条提高生活品质的捷径。

而真正不应该cheap的，应该是自己。

今天看了一篇文章，说的是英国的阶级，在英国，哪个人属于底层的chav（低级、庸俗、没文化的人）、蓝领还是中产，都是一眼可以看出来的。他们的牙齿健不健康，他们的穿着、谈吐，他们的体重，他们的生活方式，都是辨识的标准。而这一切，都基于一个人的精神状态。

不可否认，任何一个国家，人都是有阶层之分的。在中国，有的人再有钱也会被称为“暴发户”，有的人即使落魄也会被称为“贵族”。

对女人而言，气质更是在骨血、在灵魂。

你努力提升自己，读书旅行，减肥美容，内外兼修，不一定要成为女强人，但在职场的地位匹配得起自己的生活，那你的腰杆自然会更硬，看起来也会更挺拔；

你知书达理，知进知退，懂得换位思考、学会理解别人，又聪明有趣，那你的气场自然就会令人舒适，让人忍不住想靠近；

即使你没有多好的家境，没有读很多的书，没有钱去买更大的房子，也没有余力去过更精致的生活，但你最起码可以做到让自己的小窝温馨舒适，让自己的衣服干干净净，让自己的精神状态宜己宜人。

不以物取人，不总想着揩油占便宜，所以能看到一个人真正的闪光点，和人交往自然更加真诚。

也不以外物的轻重来评判自己的轻重，所以对自己有更加清醒的认识，在不同的场合都知道自己的位置，不妄自菲薄也不高估自己，自然行为得体。

（三）

最近看过一些关于投资的文章。有位作者说："一个人一辈子最大的投资应该是自己。"财经评论员说："在一个投机取巧盛行的文化里，投资的核心是坚持正确的价值观。"

一个人的气质，就是靠投资自己而来的。不是多好的衣服包包，也不是一个多好的男人，而是一个正确的价值观，是那些举手投足所表现出来的内在——不cheap，才气质。

表姐也是普通的上班族，但她在生活和工作上都有自己的原则和坚持的细节。

在家里，她坚持每天都保持屋内干净、每周买鲜花、每天一小时阅读半小时跑步、每个周末和姐夫一起带孩子去图书馆。

在公司，她坚持不加入办公室八卦。她还有一点是我非常佩服的，就是不把工作的情绪带到家里，也不让生活上的烦恼影响工作。

这样的一个女人，到哪里都是宜人的。

这就是她独特的气质，对自己自尊自爱自我提升，对他人理解包容和尊重。

所以，她也被别人看得很重。

宋代哲学家张载说：“为学大益，在自能变化气质。”通过不断学习，腹有诗书气自华，只有不断自我提升、“向内求诸己”而不是“向外求诸人”，才能够有独特的气质和价值。

【轻哲学】

张载是中国哲学学派理学创始人之一，主张“天人合一”，认为内因大于外因。人内在的人文意蕴更能改变别人对他的主观印象，一个貌不惊人的普通人可能因为自己的学识变得聪敏，使人刮目相看。

踩过废墟，建立新的自己

【引子】

“但凡不能杀死你的，最终都会使你强大。”

——尼采

【正文】

张惠春是张惠妹的妹妹。第一次知道她，是在2015年的《中国好声音》。当时，她以“隐退9年的单亲妈妈”的人设登上舞台，小小地火了一把。

一个女人，在婚姻里，最难的并不是放弃，而是重生。张惠春的故事，就是一个有关重生的故事。

（一）

张惠春和张惠妹一样，很有音乐天分。

1997年，她以偶像团体的成员出道，专辑曾在台湾卖出30万张的好成绩；2003年转战影视，凭借电视剧《名扬四海》和言承旭主演偶像剧《白色巨塔》，两次获得台湾金钟奖最佳女配角;2004年开始发行个人专辑，获得中国原创歌曲奖最具潜质歌手奖和东南劲爆榜最佳新人;2006年，她出演电影《练习曲》女主角，这部电影入围2007年奥斯卡金像奖最佳外语片奖。

这是张惠春的演艺圈履历，漂亮且实至名归。

她从来不是靠姐姐的名气而红的，在某些方面，她甚至比张惠妹做得更好，比如转战影视。《练习曲》是2007年唯一入围奥斯卡最佳外语片的华语片。为了出演《白色巨塔》，她不惜剃了光头，足见她的事业心。

当时的张惠春，身高160cm、体重45kg，活跃在音乐和影视两个圈子。然而，她的履历停留在了2007年。2006年年底，她与初恋男友丰偌晖结婚，淡出演艺圈，只偶尔为张惠妹亲情站台。2008年，她生下儿子，2010年又生下女儿，更是完全放弃了工作、退出演艺圈。

站在现在看以前，张惠春的心里该是五味杂陈的。她在最高峰隐退，为的是“初恋”的男人。

说放手很简单，离婚也不难，难的是从泥沼里挣扎着爬出一个新的自己。

张惠春的家庭，开头是童话式的美好。她的老公是丰偌晖，台湾著名棒球运动员，长相帅气，事业有成。最重要的，两个人是初恋。

“王子和公主结婚了，然后……”

然后就有些狗血，然后就是我们所看到的，做了9年全职妈妈、身材变形、早被观众甚至业内人遗忘的张惠春站在了舞台上，和90后、95后一起期待一个机会。

“为了生活，我不得不站在这里。”那天的《好声音》舞台确实有些戏剧化的效果，前面的95后小女孩连梦想都不屑于提，“未来我不知道，想做什么就做什么。”下一个，就是38岁的张惠春“为生活、为孩子而战”。

一身星光的她，放弃一切，为了爱的男人洗手做羹汤，照顾孩子和家庭，甚至连自己的孩子都不知道“妈妈原来会唱歌”。原以为就这样平淡安稳地过一辈子，却没过几年就梦碎。张惠春从来不愿意在公共场合说离婚的事情，曾有媒体扒出是因为“性格不合”经常吵架。

性格不合？他们并不是互不了解的“闪婚”，而是青梅竹马的“初恋”。

当爱的时候，做什么都是合适的，不爱了，做什么都不合适。

女人最怕的，是把所有的希望都寄托在一个男人身上。她在最美好的年华，在最高峰的时期放弃了自己，把未来和一个男人紧紧绑在一起。最后，男人飞了，她从头再来，和小自己20岁的年轻人同台竞争。

不得不承认，张惠春的实力不复从前。38岁的她，面对这些过去，内心也是复杂的吧。

重新再来，可能只是一时的话题热度提高她近几年的走穴身价，要想做到以前，怕是永无机会。她清楚地知道这一点。

（二）

庾澄庆说得到位：“她不简单，因为她要在自己的状态下建立一个新的自己。”

看得出来，她很紧张，可能也暂时难以适应现在的演艺圈。她曾经的辉煌与不愿提及的过去，都要被再挖出来一遍。这对一个受过伤的女人来说，也是一次撕伤疤，是血淋淋的代价。

做一个“分开”的决定不难，难的是之后漫长的人生里，依然活得坚韧而漂亮。

就比如，那个在异国他乡，和徐志摩离婚，却最终破茧成蝶的张幼仪。

张幼仪与徐志摩结婚时只有15岁，两人婚前只互相看过照片。据说，徐志摩第一眼看到张幼仪的照片，就撇撇嘴嫌弃地说：“乡下土包子。”

在徐志摩那样把浪漫看作生命全部的诗人眼里，端庄成了木讷，贤淑成了呆板。

1918年，张幼仪生下长子不久，徐志摩就留学去了。1920年，在张幼仪二哥张君劢的强烈要求下，徐志摩接她去了英国。可是，徐志摩不爱她，骨子里都透着冷漠，甚至在她怀孕时让她去打胎。

在柏林生下儿子彼得两个月，徐志摩找过来，签了离婚协议，然后欢快地离开。

张幼仪把人生分为“去德国前”和“去德国后”。

在去德国之前，她什么都怕，畏畏缩缩，怕离婚，怕触怒徐志摩，怕失去孩子。去德国之后，她什么都不怕了。

一直被徐志摩称为“古板、无趣”的张幼仪，骨子里是最执拗和隐忍的。她逼着自己从悲痛中振作起来，雇保姆照顾孩子，自己学习德文，并入学校专攻幼儿教育。

可不幸再次到来，彼得3岁时因为腹膜炎去世。

怎么办呢？怎么办呢？伤痛之后，是更加的清醒：“我只能靠自己！”她习得一口流利的德文，一边工作一边继续学习，利用起所有的碎片时间。

后来，她回国，在东吴大学教德语，出任上海女子商业银行副总裁，担任云裳服装公司的总经理，管理国家社会党的财务……她的经营能力得到极大发挥，成为上海滩的风云人物，叱咤商界，成为“女富豪”。

后来，连徐志摩都赞她是有志气有胆量的女子……甚至是，徐志摩的后事，是她处理的；徐志摩的家人，是她赡养的。

能从废墟之中站起来的人，特别了不起。她首先是把自己踩低了碾碎了，又努力得到了新生。

（三）

张惠春曾说，她要为孩子树立一个好榜样，让他们知道“原来妈妈这么会唱歌”。她想以她自己的能力得到孩子们的认可。

庾澄庆说，一个妈妈，不管面对什么样的境地，孩子总是她坚强的动力。

或许她也会想结婚后没有隐退会怎样，天赋、名气、努力、强大的公司加上正确的发展方向，如果一直那样下去，她可能会成为两岸的影、视、歌三栖明星。

或许会忙得心力交瘁，或许会没有足够的时间给家庭，但，她是她自己。那样的她，在孩子、老公面前，在家里，也同样会魅力四射，也许不会走到现在的路。

一个女人最大的安全感，不应该是嫁给了一个多么完美的老公——即使他是让人安心的“初恋”，也不应该是他愿意在房证、车证上加上你的名字，而应该是始终做自己，有自己的事业、圈子、生活。你给自己建了一座城，就不用怕他赶你出家门。

即使她是张惠妹的妹妹、曾经的明星，也和很多普通人一样，面对变化太快的社会，没有及时更新的知识，天赋和过去都成为历史，“长江后浪”来势汹汹，要自己做选择，也要面对选择所带来的任何结果。

已然如此，后悔已无意义，那么就勇敢地站起来，重建自己吧！

她打过无数次的退堂鼓，也害怕面对曾经熟悉的灯光。不能在过去里沉沦，勇敢地站出来就是第一步。她的嗓音不复以前，可是导师们说得对：“年龄反而会给歌曲带来不一样的生命力。”

过去，是伤痕，也是礼物。有时候，一成不变的生活是一个茧，撕破它，踩过它，建立新的自己，会痛，但也很美。毕竟，未来的路，都是要自己走的。

破了茧，成蝶就不远了。

【轻哲学】

很多人都喜欢引用这句话“但凡不能杀死你的，最终都会使你强大。”其实，这句话出自尼采的《查拉图斯特拉如是说》。

强力意志就是让自己变强的意志，是尼采最重要的思想之一。强力意志说的核心是肯定生命，肯定人生。强力意志不是世俗的权势，是一种本能的、自发的、非理性的力量，决定生命的本质，决定着人生的意义。

强力意志决定着人在面对挫折时，只要活着，就会越来越强。

谁说不是呢？

今日相乐，皆当喜欢

【引子】

“来日大难，口燥唇干；今日相乐，皆当喜欢。”

——曹植

【正文】

看了好几个关于爱人之间“死别”的故事。

其实啊，“死别”是一个特别沉重的话题。

可是，也不得不面对。

为什么会在看起来很平静的当时当下，来说这看起来似乎有些遥远、有些避讳、有些不那么招人喜欢的话题呢？

因为啊，我们终将离别。

（一）

第一个故事，是正在热恋的台湾情侣梁圣岳和刘辰君。

他们在2017年2月底赴尼泊尔喜马拉雅山区登山，3月初遭遇暴雪迷路。57天后获救，男方暴瘦30公斤幸得保命，女方却在被发现前3天挨不住去世。

梁圣岳在接受采访时说，受困到最后，女友甚至主动和他相约：两人谁先死去，还没死的那个人，就要“吃对方的肉活下去”。

女孩去世的那天，口中一直喊着：“爸爸、妈妈、姑姑、岳岳。”后来就再也没讲话了。

他亲眼看着爱人的生命一点点消失，也并未曾动过吃肉的念头。

旁人，除了叹息，再想不出任何词语。

第二个故事，是一对结婚5年的年轻夫妻。

女孩叫吴婷。她在论坛发帖《给老公找个媳妇》，为丈夫卢凯征婚，希望找个能照顾他、陪伴他走完今生的女人。

她说，不知道这个世界还能留给自己多少时间，“我什么都可以放下，唯独他。”

她患有恶性肿瘤，打掉了孩子、失去了一条腿，治疗了3年花了几十万，病情依然没有得到很好的控制。

他们是高中同学，三年同窗。2007年，芦凯考入大学，吴婷落榜后工作。

但是，他们并没有被现实的差距分开，而是在2012年结束爱情长跑结了婚。

当然也会有争吵，还有意外。

生活本身就是这样，小吵小闹，小磨小擦，小灾小难，渐渐的，从小少年到青年到中年再到老头子老婆子。

这是很多人所经历的普通但有无数小确幸的爱情。

只是，“大难”比明天先来了。

2014年，怀孕几个月的吴婷被诊断为恶性骨巨细胞瘤，芦凯并没有逃跑。

他一边上班一边带她看病，有机会就带着她出去旅游，“疼痛，我帮不了你，但我想让你每天开心。”

我采访过不少企图对外求助的重病患者。

那些坚强积极的人，大都是因为有着爱人和整个家庭的支持。

而有些颓废绝望的，是因为爱人先放弃了。

吴婷也很积极，只是必须面对的是生命不知何时会戛然而止。

她觉得，能为他做的最后一件大事，是找个爱他的人陪伴，“至少我可以证明，我老公是个好人，而且我婆婆家人都特别好。”

她是感性的妻子，而他始终是理性的丈夫。

令人感动的是，妻子在他不知情的情况下发下征婚启事，他没有在面对采访时感动得涕泪横流，也没有私下里怪罪她太过张扬。

他只是说：“她这病我们治疗三年了，见得也多了。所以，不管她（能活）多长时间，只要她病痛减少一些，我就高兴了。要不然，她受病痛折磨，我看着心里受不了。其他的事情，只要她高兴就好，不用太当真。”

不是海誓山盟，也不是情话缠绵，只是实实在在的感受，朴实得一如他们一起经过的每一个日常的日子。

（二）

第三个故事，是一对耄耋老人，79岁的琼瑶和她90岁的丈夫平鑫涛。

平鑫涛当时正在“失智”。

他们的爱情始于“使君有妇，罗敷有夫”之时。纠葛十年，琼瑶41岁时和平鑫涛结婚。

当时年轻，愿意为了爱抛家弃子，即使闹得沸沸扬扬也不在乎；

在一起后，携手共进，38年相伴成就了彼此的声名以及灵魂相伴；

到老了，他们也还是得和普通人一样，面对生死。

当初温文儒雅、意气风发的平鑫涛住进了医院，插上了鼻饲，逐渐失去意识。

他的书法很好，可他的右手开始发抖，写的字越来越丑。

他被称为“电影疯子”，每晚12点都要拉着琼瑶看电影，可现在他却糊涂地连“前面演了什么都看不懂。

他是一个很幽默很可爱的人，可突然却越来越沉默，忧郁地说：“我觉得不快乐。”

他多情浪漫，鲜花情话，从不吝惜“爱”的表达，可现在，他会慢慢忘记身边的每一个人，陷入自己一个人的世界，沉默而无奈。

琼瑶说，她只希望平鑫涛最后一个忘记的人是她。

她说：“我生命里的强人，将逐渐退化成婴儿。”“那个深爱着我的人，正在一步步离我远去。用遗忘我的方式离我远去。”

是啊，我们再难接受，可那个深爱的人，那个曾经共度快乐和悲伤的人，那个曾经和你争吵、和你冷战，也给你温暖、让你心疼的人，那个和你一起从青葱岁月走到两鬓斑白的人，那个和你一起见证着人生无数个瞬间的人，那个你已经习惯到像是左右手的人——终将会离你远去。

小时候，大人们总是这么向我们解释：“死，就是你再也看不到这个人了。”

对啊，是再也看不到这个人了。看不到TA的笑容和愤怒，听不到TA的安慰或叫骂，闻不到TA的气味，触不到TA的温度。

TA不是去某个地方出差，TA不在世界的任何一个可到达的角落。

TA的衣物会和TA的气息一样，慢慢消失在你们曾经那么熟悉的地方，然后有一天连你自己都回忆不起TA的气味了。

这就是“死别”。

（三）

看《奇葩说》，有个辩题：“遇到危险，伴侣首先逃跑，该原谅吗？”

遇到危险的时候，你的伴侣“嗖”一下就跑了，根本不管你的死活，你会原谅吗？

原谅和不原谅都有理由，可蔡康永的一句“来日大难，口燥唇干；今日相乐，皆当喜欢”却让人红了眼睛。

来日，我们总要面对大难的，比如死别。一想到这个，我就觉得焦虑不安，特别难过。那么，现在我们每一天的开心快乐，都应当高兴啊。

真的爱一个人，大概就是这种感觉吧。

《诗经》里说“死生契阔，与子成说。”

生命本身就是一段不可逆的旅途。

无论沿路是美丽风景，还是暴风骤雨，日子总是在向前，生命的目的地一直是死亡，从未变化。

悲观一点说，生命旅途总在指向终点。

看着你枕边的那个人，你有没有哪个瞬间曾经想过：

还能陪他走多久呢?

如果突然，你们中的一个发生了意外，你会怎么办?

如果突然，今天的早安就是你们今生所说的最后一句话，你又会怎么办?

不能细想，不敢细想。

可这是人人都可能会面对的，“来日大难，口燥唇干。”

是要无休止地臆想这不知何时会来的“大难”，然后闷闷不乐、焦虑不已吗?

不!

一直很推崇“积极的悲观主义者”。

就是理解人生的意外和苦难，接受这场单程票的终点站，然后享受过程中的每时每刻。

他忘记了我的生日又怎么样呢？只要我们都还能如平常一样共进晚餐，就是幸福。

我们暂时还买不起更好的房、车又怎么样呢？只要我们都健康相爱，有挣得更好生活的机会和能力。

我们今早又大吵了一架又怎么样呢？只要晚上下班后，我们依然是往同一个家的方向走。

我们的生活充满了各种压力和麻烦，又怎么样呢？只要我们所在乎的所爱的，依然是同一批人、类似的事物。

我们的未来充满了各种不确定，又怎么样呢？只要我们能确定当下的心安与小确幸。

中学时学古文，有一篇归有光的《项脊轩志》，有句话提到亡妻："庭有枇杷树，吾妻死之年所手植也，今已亭亭如盖矣。"

其中感情，当时不懂，现在懂了。

今日相乐，皆当喜欢。

【轻哲学】

《三国·魏·曹植》之《善哉行》："来日大难，口燥唇干；今日相乐，皆当喜欢。"

意思就是，前途艰难，就会焦虑不安，现在没有什么事，应当高兴起来，及时行乐。有享乐思想的意味。

曹植所处的魏晋时期，玄学是占统治地位的哲学。"玄学"融合了儒道两种思想，提成以《老子》《庄子》《周易》等"三玄"，用道家的自然无为来维护儒家的纲常名教。

《善哉行》等诗歌也充满了道家的"自然无为""活在当下"等思想。

前任是座桥，把你渡给对的人

【引子】

“未经失恋的人不懂爱情，未曾失意的人不懂人生。”

——周国平

【正文】

（一）

女神宋慧乔结婚，前男友们又被媒体们挖出来排排坐。

出道这么多年，宋慧乔和宋承宪、Rain等人都传出过绯闻。公开承认的有两段感情。

一段是2003年拍摄电视剧《All In》（中文译名《洛城生死恋》）时因戏生情的李秉宪。他们一拍完戏就到了欧洲旅行，回国时在机场被等候多时的记者采访。李秉宪还兴奋地说：“我已经太久没有恋爱的感觉了，这次恋爱仿佛是天注定的，我希望她是我生命中最后一个女人！”

聚少离多，最终通过经纪公司宣布分手。

韩国媒体猜测两人分手的原因是因为李秉宪做得不好，各种传言甚嚣尘上。宋慧乔这时选择站出来，她说：“我们俩是平静的分手，因为到现在双方对彼此都有很好的感情，所以希望这样美好的感情回忆能永远地留在彼此心中……他在相恋的时候就一直关心我照顾我……我会成为优秀的演员，不会让他失望，以后会更努力……也期待李秉宪会有更好的作品和更好的演技。”

2007年6月，宋慧乔和玄彬拍摄《他们生活的世界》相恋，2011年初，依然是通过经纪公司宣布分手。事后玄彬在接受采访时说，其实两个人早就分手了，但宋慧乔考虑到不让玄彬面对压力，主动选择在他入伍之后公布，“很感谢她。”

宋慧乔的两次公开分手，诚意、情商都满分。

是她在感情中没有受伤吗？并不是。她曾经在接受采访时迟疑了一会才说，自己很容易受伤，但“大多不会表露”，虽然偶尔会爆发一下，但大多数还是会埋在心里。

是她付出不够多吗？更不是。她在《慧乔的时间》这本书里写，相恋的时候“一定会无条件相信对方，不会执着于他为什么出门，他要去见谁。现在的心情是，想要彻底相信某个人，从心底里相信这个人。因为，如果是你的，终究会是你的。如果不是，终究也抓不住”。

她是个聪明且善良的姑娘，愿意相信真爱，也愿意以一颗很温暖的心来包容伤害。

既然相恋，必是奔着相守而去，可从来都是，在走向某个结果的过程中，会发生无数意外。

不合适的两个人，及时止损。当然会受伤，当然会悲伤，但体面聪明的女人，从不会在一场结束的感情里泥淖深陷，变得一副气呼呼甚至凶巴巴的样子。

相反，她坦然接受那段感情里或幼稚或卑微或还不错的自己，也坦然面对分手的结局。她所能做到的“最争气”的事，就是让自己变得越来越好。

宋慧乔做到了。她整理好情伤，迅速上路，做到了对李秉宪的承诺，成了更优秀的演员，也成了让玄彬时时感谢的女人。

这样的女人，才会永远是男人心口的朱砂痣——不过，于宋慧乔而言，她根本不在意自己是前男友的朱砂痣还是饭米粒。过去的就过去了，她依然向往着纯粹的爱情，张开怀抱，所以遇见了真爱。

她并不在意自己在李秉宪和玄彬心中的地位，她有她的宋仲基。

（二）

学姐米粒大学时和辩论队的袁学长恋爱。

袁学长很帅，外表看起来干净、温暖又优秀，是班草级的人物。

他们相恋两年，在大四上学期时，袁学长和艺术系的一个学妹恋爱了。

骄傲的米粒学姐，列了袁学长的十条罪状，做成了海报，打算贴在食堂门口的公告栏。

当晚，正逢辩论队聚餐，袁学长不愿见她，没有来。米粒喝得烂醉，拉着我说：“我早就知道我们不合适、迟早要分手，可没想到居然是他先劈腿。” 当时的我，傻愣愣，问：“觉得不合适，为什么不分手？”

米粒抹了把眼泪咬牙切齿：“因为一想到，被我调教好的男人，居然直接被另一个女人接盘，就像是辛苦种的白菜还没吃就被别人给挖走了！”

她不甘心，因为是她把袁学长从一个白袜子配黑皮鞋的小男生调教成了如今衣品超高的帅小伙，是她把袁学长从一个只知道“多喝开水”的愣头青调教成了知冷知热的大暖男，也是她一路拎着他好好学习参加活动取得不错的成绩……

她不甘心，明明是她占据主动，为何却一下子变成了彻头彻尾的“被动”？

她放不下的不是他，而是那个像是“被抛弃者”的自己。她想毁掉的不是他，而是那个“我调教出来的”“属于我”的人。

米粒后来到底没贴那张大字报。

10年后，我们再提起当晚，她笑得直不起腰。

“当时天真地以为，他错过我是他的损失，心想一张海报就能毁了他，还天天幻想他过得不好回来求我。但是，怎么能什么都按照我的心意转呢？”

报复前男友的最好方式是什么？就是埋头关注自己，过得比他好。

米粒现在是一家人工智能公司的大区总监，有房有车有存款，还有员工激励股，妥妥的金领一族。袁学长呢，过得好不好且不说，倒是这两年常常会在她朋友圈里评论“越来越漂亮了”“厉害了我的米粒！”

米粒从不回复他。一个女人的奋斗，即使一开始是“前男友驱动”，努力着努力着，也会变成“自我驱动”——前男友这个原点，早在不知不觉中就抛到了九霄云外。

年轻的时候，我们都觉得一定要让那个负心的“渣男”“血溅当场”才够痛快解气。

我们愿意用一切代价，让他过得不好。

可渐渐长大，慢慢明白：我们的那一腔牢骚、满腹愤怒、万般诅咒，根本不会影响他的生活。

（三）

2017年，周杰伦一次演唱会上，一个叫“小仙女”的姑娘diss了她的前男友。

点歌环节，小仙女说前男友和他的未婚妻也在现场，点一首《算什么男人》送给他们。她喊话前男友：“虽然他长得丑，眼睛也瞎了，我还是祝福他。”“镜头拉近一点，让他看看我有多美，他有多瞎！”

三天时间，姑娘的微博粉丝从1万不到涨到近40万。事后的媒体采访也证实了“小仙女”是网络主播兼平面模特。

事情是否炒作尚未定论，评论已经炸了，说“真性情”者有之，说“太恶毒”者有之。

那个曾经你爱的，为何变成如今你想害的？

恋爱时，他是天下独一份；分手时，恨不得除之而后快。

可是啊，前男友从来没有那么好，也没有那么坏。当时的他，一定是你的眼界、条件所及觉得最好的选择，一定是以你当时的认知而言觉得最爱的人。

不要急着证明他的瞎，毕竟曾经的你那么爱过他。

就像莫文蔚说的——“初恋教我学德文，周星驰教我品红酒，冯德伦教我谈恋爱要开心。”谁不是同时在前男友身上学会成长的呢?

【轻哲学】

周国平是国内研究尼采的大家。“未经失恋的人不懂爱情，未曾失意的人不懂人生。”出自他的代表作《人与永恒》。这本书以随笔短语的形式阐述了他对人生问题的关注和思考，包括人、人生、自然、生命、爱、孤独、美、超脱、幸福、时间、永恒等26个话题。

关于爱，他说：“我不相信人一生只能爱一次，我也不相信人一生必须爱许多次……你是深谷，一次爱情就像一道江河，许多次爱情就像许多浪花。你是浅滩，一次爱情只是一条细流，许多次爱情也只是许多泡沫。”

被人理解是幸运的

【引子】

“被人理解是幸运的，但不被理解未必不幸。”

——周国平

【正文】

胡可以“超人妈妈”再次大火。

1998年，胡可就开始影视、主持的多栖明星生涯。其实，她比丈夫沙溢要红得早得多。2011年结婚生子，胡可淡出大众视野。

即使光鲜亮丽如胡可这样的明星，同样和普通女人一样面临着平衡家庭与事业、丈夫不理解”的苦恼。

（一）

节目里，对胡可印象最深刻的，除了她科学智慧的带娃技能之外，还有她和沙溢的一次吵架。

两个孩子大了，胡可全面复出，在参加真人秀的同时也在拍摄《如懿传》。

她常常拍完戏后坐夜班飞机回北京，睡两三个小时后就要起床做早饭、送孩子上学。

可即使如此，沙溢有一天还在饭桌上说胡可没有平衡好事业和家庭。胡可当然不同意这话，说自己已经在事业和家庭上努力地平衡了，然后就哭了。

她停掉事业，三年俩娃，生生把自己练成了“超人妈妈”；她终于把孩子带到那么大，有点儿空间可以来继续事业，面对这大花小花已经换了好几代的娱乐市场，原先做女一号的她现在只能做女N号；即使辛苦拍戏，还要一根蜡烛两头烧，时刻想着家中的两个孩子。

她已经努力做到这样，作为丈夫，你还在说她没有平衡好家庭和事业?

即使沙溢的出发点是心疼她辛苦，这样的说法也太让人伤心。

所以，胡可说：“拍戏不辛苦，辛苦的是你的态度。”

你牺牲事业为家庭，他认为你理所当然。

你努力一边照顾孩子一边上班，天天累得半死，他觉得你是“自找的辛苦”“没有必要”。作为赚钱能力还可以的男人，他恨不得你做全职妈妈，根本就理解不了你那颗想上进的心。

是不是很熟悉?

可能很多女人都流过这样委屈的眼泪吧。

后来，胡可和沙溢结婚6周年，沙溢准备了婚纱、鲜花、烛光晚餐，重新求婚。胡可很感动，说：“辛苦都没什么，你理解就好。”

虽然沙溢嘴上说着理解、理解，但他真的能理解胡可吗？

（二）

身边大部分没有原则问题（如出轨、家暴等）的夫妻矛盾，大部分的女人都在控诉“他不理解我”。

木子结婚5年，正在怀二胎。

和怀第一胎相比，木子和老公浩子的心理和生活状态都变了很多。

第一胎，兴奋、期待、紧张；第二胎，习以为常。

第一胎，进入职场没多久，虽处在上升期，但还没那么忙；第二胎，已经是单位的骨干，处在职场关键期，天天忙得昏天暗地。

第一胎，还在二人世界，家里老人身体尚可，时不时来帮忙；第二胎，家里大娃闹腾着，老人精力不济，一切都要自己来。

由于怀孕，木子自己的身体激素水平也在发生变化，她感觉没人关心、没人帮助、没人理解，进入了空前绝后的焦虑期。

她觉得自己就是座孤岛，觉得自己特别可怜。

浩子呢，一开始还会时不时哄一哄，可时间一长，连续加班的他也没有了讨她欢心的心情。

产检几乎都是她自己去，每次挺着大肚子排队，看着别人家的老公大包小包地照顾着妻子时，她的心里都有些酸。

产检的日子，就是吵架的日子。

可浩子不知道，他在忙他的项目和职称，晚上回到家碰到他的坏情绪，有的时候还会怼回去：“你怎么那么矫情？”

他说：“有什么事你就说呀！”她回：“说了你也不知道，你也不关心。”

他说：“我知道你辛苦，但是我也很累。”她回：“你知道什么啊，你什么都不知道！”

她期盼着他无师自通的理解，盼着他不用提醒的照顾。

她抱怨：“我辛苦点没有关系，但你要理解要懂得。”

你要懂得我的付出、懂得我的牺牲，懂得我的怀胎十月、事业停摆是为了这个家庭而不是自己。

可他偏偏不懂。

每个女人都会有辛苦的几年，好像很多糟糕的情绪、生活的琐碎都得自己扛。

并不是女人太“作”，是她太孤独。

作家史铁生在《爱情问题》里说：“孤独的心必是充盈的心，充盈得要流溢出来要冲涌出去，便渴望有人呼应他、收留他、理解他。心灵间的呼唤与呼应、投奔与收留、坦露与理解，那便是心灵解放的号音，是和平的盛典是爱的狂欢。那才是孤独的摆脱，是心灵享有自由的时刻。”

可是，没有理解、没有呼应、没有收留，怎么办？

（三）

总会觉得，在爱情里，遇见同好、遇见趣味相投、遇见互相包容都不难，难的是遇见理解。

有一对长辈，男方简直是模范丈夫。平日里，每天早上都会挤好牙膏、做好早饭，每天晚上都会让她枕着胳膊睡觉；生病了，他耐心地为她洗头洗脚，无微不至地照顾；吃饭时，她爱吃的菜，他一口都不动，她吃不下的他从不嫌弃地“一扫光”。

可即使这样，他也并不是很懂她。

她发火，虽然他会安慰：“没事的，别着急。”但很难知道她的爆点到底在哪里。

就像是她身上痒，他会第一时间满身挠，虽然始终挠不到痒处。

可起码，他挠了吧——太多的男人，连你身上痒都不知道。

这就是女人所说的态度问题。

我曾经采访过一个很有名的中医。她哈哈大笑着说：“男人和女人的生理构造都不同，怎么互相理解？”

若不知晓相同的痛楚，就无法真正理解他人。

就拿剖腹产来说，敏感一点的男人觉得你疼，知道你辛苦，但刀还是划在女人肚子上，他永远没有办法感同身受。

神经大条一点的男人，甚至从来不会去想“她会很痛”。他们看着自己老婆怀孕生孩子，就像看着别的女人一样，一眨眼肚子就大了、一眨眼孩子就大了。

他们的思维回路一开始就和女人不一样，也没有办法真的站在女人的角度思考问题。

悲观一点说，即使你们有共同兴趣，可以在业务上探讨，也不一定能做到完全的情感上的理解。

（四）

是不是很绝望？你一直都期待着理解的那个人，打从根源里就理解不了你。

第一，我不是想让你绝望，而是想建议你降低期待。

首先你就得承认：不是他不想理解你，是他做不到真的理解你——他并不是不爱你。是不是心里要舒服很多？

第二，吵架时、郁闷时，代替“你不理解我”的，可以是“我们来沟通一下”。

婚姻，有的时候就像是合伙经营，男人和女人，一个在技术岗，一个在管理岗，一个是理科生一个是文科生。

相对于抱怨来说，更有效的方式是“简单粗暴”地告诉他你的需求、你的想法。最笨的做法，写一个清单，列好生气时间、地点、原因、希望他改进的方式。男人这种直脑回路的人，可能会第一时间恍然大悟：“早说我不就知道了吗？”

第三，回应“你不理解我”的控诉，最好是给她“我特别想/正试着理解你”的态度。

所以，一个拥抱比N句解释有用得多。解释的口舌留着去赞美。

第四，不能做到理解，但一定做到尊重。

尊重TA的劳动成果，夸TA做的饭好吃，夸TA今天的衣服很美/越来越有气质，夸TA的工作很出色……

第五，试着去与自己相处，为自己的孤独去找一个出口。

周国平先生说：“被人理解是幸运的，但不被理解未必不幸。一个把自己的价值完全寄托于他人的理解上面的人往往并无价值。”

【轻哲学】

周国平先生是当代著名作家，也是中国研究哲学家尼采的著名学者之一。他的哲理散文，融理性和感性于一体，笔调清新自然。曾有“男读王小波，女读周国平”之说。

一个人的价值应该是自我价值，而不是靠着别人的评判来决定。不可否认，我们需要别人的认可，尤其是婚姻伴侣的肯定，但首先我们要肯定自己的价值。

有人说：“幸福就像猫的尾巴，小猫怎么追都追不上，但一旦它昂首挺胸向前走，尾巴也自然会跟着来。”一个人的价值同样如此，总以别人的肯定来衡量自己，常常更加自我怀疑。

你愿意是小龙女还是李莫愁？

【引子】

“各有姻缘莫羡人。”

——金庸

【正文】

小时候看《神雕侠侣》，最恨李莫愁，觉得这个大魔女简直太坏，简直是无恶不作。

长大再看《神雕侠侣》，却有了不一样的感受。

（一）

小龙女和李莫愁师出同门，一起长大，也曾是情义深重的师姐妹。在那个清冷的古墓里，这两个天真的孩子互相为伴，应该也曾是彼此温暖的烛光吧。

然而，人总要长大。长大后，师姐成了江湖上杀人不眨眼的李莫愁，而师妹仍是那白衣飘飘让无数江湖男人倾心的小龙女。

李莫愁的故事其实很悲情。她心性较小龙女不同，更爱自由，所以离开古墓派，初出江湖。她是性格活泼的小姑娘，却错将爱情付给陆展元。她不顾男女之嫌为陆展元疗伤，不惜违背师命背叛师门要与陆展元成亲。谁知，陆展元竟移情何沅君，对她避之莫及。

她也曾想洗手做羹汤，想敛起一身功夫和陆展元过平常夫妻的日子，生儿育女。她也曾一再忍让，想和陆展元一起奋斗，去追求更好的人间生活。

然而，她那满腔的爱，却抵不过何沅君的浅笑。她的上进与执着，却成了陆展元想要逃离的理由。她大闹婚礼，却被高僧阻回，以10年为期给陆展元夫妻安稳。可10年后，她再次找到陆展元，却发现斯人已逝，何沅君也随之而去，爱恨皆飘飘，两相无着落。

陆展元太了解李莫愁的爱恨。临死前，他将李莫愁送的一方锦帕一分为二送给陆无双和程英，以期能救她们的性命于李莫愁手中。果然，他赌赢了。

她的爱、恨，都是百分之百。她因爱生恨，成为杀人如麻的女魔头。怨念深深，伤至深处，她遇神杀神遇佛杀佛，最后中下情花之毒，唱着“问世间情为何物，直教人生死相许”而死。在面对小婴儿郭襄时，她没有下杀手，反而心生爱意，足见她心底的温柔。

小龙女和李莫愁同样倔强，却是不同性格的存在。

如果李莫愁是火，那么小龙女是冰。

所以，小龙女能耐住寂寞、坚守祖训，直到杨过出现。

她要幸运得多。

杨过被孙婆婆所救，才和小龙女第一次见面。一开始，小龙女对杨过也只是“受人之托”，所以收他为徒。

此后日久生情。

她为杨过出古墓，卷入江湖厮杀，意外失身，差点被逼委身公孙止，身中情花剧毒，此后又与杨过数度分分合合。幸得良人。过儿心里只有姑姑，不在乎她清白与否，下决心与她长相厮守。

分开16年，她在断肠崖底清冷度日，他在崖外苦苦等待。

最终，他们乘雕而去，被称为“神雕侠侣”。

（二）

其实，李莫愁和小龙女，都是同样优秀的女子，同样美丽且专情。

最终，她们的结局却迥然不同。

武侠江湖，纷乱四起，众多美丽坚韧且身怀绝技的女子，最终却难逃一个“情”字。聪明如黄蓉，敛起锋芒成为郭靖背后的女人。可爱如郭襄，风陵渡口初相遇，一见杨过误终身。还有暗恋杨过的程英，那么恬淡可人的女子，“既见君子，云胡不喜”，最后也是与他兄妹相称，终身未嫁。

郭襄见杨过那年，才15岁。一年之后，郭襄的16岁生日，杨过送来了三份大礼：蒙古军前锋两个千人队的耳朵、火烧蒙古大军粮草、拆穿霍都阴谋。

郭襄从此心系杨过，再未变过。

要说，论她的容貌家世，绝对是当时江湖上的“名媛”，求婚者众。然而，郭襄皆不为所动。18岁，她出门游历，途经少室山，欲拜访少林无色禅师。她行走江湖，踏遍大半个中原，希望能与杨过碰面，但杨过和小龙女隐居江湖，再未有他们的音讯。

这期间，改朝换代。郭襄在40岁那年，大彻大悟，在峨嵋山绝顶剃度出家，精研武功，创立峨嵋派。

程英呢，似竹，清丽淡雅。她是美丽的江南女子，大家闺秀，会五行八卦似女中诸葛，擅长奏曲、缝纫、烹饪，宜室宜家。之后还被黄药师收为关门弟子。

只是，她和杨过有缘无分。数次相救之后，最后以兄妹相称。“既见君子，云胡不喜”是程英见杨过时写在纸上的话。她同样一生未嫁，孤独终老。

常常会想，如果是在现代，这些女子的情感、命运会如何呢？她们其实已经是现代社会所推崇的“独立女子”了，她们够美丽够强大，足以与男人双剑合璧、共赴沙场。她们兼具颜值与价值，有独立的个性和人格。

那时天下很乱，她们一生却只爱一个人。现在天下太平，现实却兵荒马乱，她们又会如何选择呢？

（三）

有人如黄蓉，得见一生所爱，安稳踏实同进同退，恩爱一生，收获侠义之名与天伦之乐。

有人如小龙女，郎情妾意，跌跌撞撞却得以相伴一生。

有人如李莫愁，眼见所爱拥他人入怀，爱恨嗔痴皆因此起，选择熊熊燃烧，灭了他灭了自己，即使惨烈一生却也坦荡。

有人如程英，我爱的人并不爱我，我不去纠缠，青灯寒夜，安然度过……

有人如郭襄、有人似郭芙……即使时代不同，女人的情感和正在发生的爱情故事，却有太多共通之处。

无非是：

我爱的人他正好也爱着我，而且我们得到祝福没有险阻，幸福开心地在一起；

我爱的人他正好也爱着我，可我们却遭遇阻挠，我们该坚持还是放弃？

我爱的人，他不爱我，我是该默默放弃祝福他，还是应该勇往直前一定要拿下他？

我爱的人，他不爱我了，我是该坦然放下从此相忘于江湖，还是将爱变成恨决不让他好过？

爱我的人，我不爱他，我是该选择对我好的人安度一生，还是拒绝他去找自己的真爱？

爱我的人，我不爱他了，我是该继续坚持，还是该跟随自己的心？

……

如果你有一次选择的机会，你愿意是谁？如果你是她们，面对这般命运又将如何选择？

若你是小龙女，可能忍受得住那清冷的煎熬？

若你是李莫愁，可会选择似她，用那样的方式爱一个人？

【轻哲学】

大家都知道，金庸是著名的作家，其实，他还是个哲学家。他一直不断学习，在2010年获得了剑桥大学的哲学博士学位。

有人说："可以有没有文学的哲学，却不应有没有哲学的文学。"在金庸的作品里，也体现着其本人的哲学思想。

个人认为，金庸小说里最能体现的应该是道家思想，比如武功方面：太极的以柔克刚；"亢龙有悔"的凡事留余地；还有常说的"无招胜有招"。再说其刻画的大侠形象，杨过、张无忌、令狐冲，最终都选择了归隐。

这和道家思想里的"无为而治""刚柔并济"等宗旨相合。

再延伸到女主角们，拿《神雕侠侣》来说，金庸很喜欢、着重刻画的小龙女、程英等女性形象，也都是道家的；郭襄开创的"峨嵋派"在明末清初之前，也是道家正统门派。

穿越时光的晚礼服

【引子】

“人们常说，女人打扮是为了引起别的女人的嫉妒，而这种嫉妒实际上是成功的明显标志；但这并不是唯一的目的。通过被人嫉妒、羡慕或赞赏，女人想得到的是对她的美、她的典雅、她的情趣——对她自己的绝对肯定；她为了实现自己而展示自己。”

——西蒙·波伏娃

【正文】

2018年奥斯卡，86岁的老戏骨丽塔·莫雷诺穿着56年前的礼服来了！

1962年，丽塔·莫雷诺就穿着这条花苞裙出席奥斯卡颁奖晚会，那一年她因《西区故事》获得最佳女配角奖，而礼服则是由那个年代超级红的菲律宾时装设计师Pitoy Moreno设计的，看上去有典型的亚洲风格，是用日本和服腰带的那种面料做成。

时隔56年，丽塔·莫雷诺将礼服进行了改良，变成露肩，这种穿法更加大胆了。

老太太说："这条裙子一直挂在柜子里，可以拿出来再穿一次真好。"

众人唏嘘不已。

到80岁还能穿进30岁时裙子的女人，可不仅仅是"身材保持得好"那么简单。

（一）生活的风雨，未曾打湿那件柜中礼服

丽塔·莫雷诺自幼学习舞蹈，13岁时便在好莱坞登台演出，14岁就涉足影坛。1961年，她30岁，出演了《西区故事》里的Anita一角。

Anita美丽、热情、奔放、乐观，对生活充满干劲并且十分浪漫。

《西区故事》是一部歌舞剧，舞蹈演员出身的丽塔·莫雷诺在剧中又唱又跳，眼睛里闪着光，后来她凭借这部影片获得了当年的奥斯卡最佳女配角。

56年过去了，《西区故事》里的主角境遇不一，最让人唏嘘的事女主角娜塔莉·伍德，1935年已因溺水身亡。

饰演Anita的丽塔·莫雷诺呢，生活自然不会少给她风雨。

她曾和马龙·白兰度有8年的感情。丽塔·莫雷诺曾写道，她对他大概是一见钟情。可是，"他伤了我的心，用自己不体面的行为来压榨我的精神，更糟糕的，是他的情感背叛……"在他们8念的恋情里，白兰度和另外两个女人结婚生子。她甚至因为他多

次尝试自杀。

最后，治疗师要求丽塔·莫雷诺远离白兰度。她才下定决心，得到解脱。

好在，射手座的丽塔·莫雷诺生性乐观。一段糟糕的感情，并没有打倒她。她把更多精力倾注在工作上，在舞蹈、影视剧等诸多领域都没有放松。

美国艺术有四大奖项：音乐领域的格莱美、电影领域的的奥斯卡、电视剧领域的艾美奖、话剧舞台剧领域的托尼奖。丽特·莫雷诺，是12位集齐四大奖项的人之一。

尼采曾说："就算人生是出悲剧，我们要有声有色地演出这出悲剧，不要失掉了悲剧的壮丽和快慰；就算人生是个梦，我们也要有滋有味地做这个梦，不要失掉了梦的情致和乐趣。"

丽塔·莫雷诺86岁的人生，几多风雨，多少人离去、多少人沉沦、多少人不见踪影……

而她，穿着30岁时获奖时穿着的那条裙子，成了奥斯卡颁奖典礼的又一经典。

她的身材一定不复当年，容貌也一定有了巨变，可那又怎么样呢?

这么多年，背后的故事，没有几个人知道。

一条56年前的礼服，替她说了很多。那是一个女人最终极的自律和刻苦。

（二）你有无数华裙，可有一件忘不了的礼服?

2014年12月8日，刘嘉玲的49岁生日。梁朝伟在香港君悦酒店为她送上温馨寿宴。

当天晚上，刘嘉玲身穿黑白色晚装亮相。这件晚装在20年前，她和梁朝伟一起出席活动时曾经穿过。

那次刘嘉玲的活动同样引起一阵感慨。媒体都说，她完美地诠释了“一人一衣”，简直是“人生赢家”。

可曾经的刘嘉玲，资质平平。

她15岁和父母移居香港，19岁香港无线电视台艺员训练班毕业。论漂亮，论天资、论灵气，她拼不过张曼玉、王祖贤、林青霞。在很多影视剧里，她给张曼玉等人当配角。

她也不是梁朝伟的首选啊，前有与梁朝伟相恋6年的初恋曾华倩，后有人人都喊他们在一起的张曼玉。

她曾被绑架、受辱，经历过非常低谷的时期。

不久前，刘嘉玲上《吐槽大会》，被吐槽的重点就是“能熬”。在事业上，熬过了张曼玉、林青霞、王敏等人，然后就成了大姐大；爱情上呢，熬掉了梁朝伟的前任、绯闻女友，熬过了梁朝伟的青春岁月，最后“梁朝伟也是你的了”。

刘嘉玲一直在“哈哈”大笑。

她已经站在了她的领域内近乎山顶的地方，看着娱乐圈后辈们的嬉笑怒骂，看着这些年轻人的爱恨情仇、争先恐后——“哈哈”一笑。

就当人生是“熬”好了，有人才刚刚大火煮沸，她已经熬成了上好高汤。

刘嘉玲曾经说：“人生路上，好好经营自己胜过依赖任何人，年轻女孩总是无限量上架。不把年龄作为自己的资本，就永远不用担心变老，学会经营自己，每个年纪都是最好的年纪。”

无论是丽塔·莫雷诺，还是刘嘉玲，她们穿的那件“旧礼服”，都曾见证过她们的巅峰和幸福，是一件于自己、于他人、于公众，都拿得出手的纪念和荣耀的纪念品。

女人有无数件花裙子，却不见得有一件20年后也可作为荣耀的礼服吧？

（三）最美的礼服不一定是大牌，却一定充满回忆

我曾经采访过一个非常有名的服装造型师Ada。

Ada曾为一个20年结婚纪念典礼服务，改典礼的女主人公当年坐着自行车嫁给了丈夫，没有婚纱没有仪式。这20年，他们相濡以沫，白手起家，开了自己的鞋厂。

结婚前，这位女主人试了很多件白纱，都觉得不满意，“总觉得和别人的差不多，不够特别”。后来，她拿来了一件红色旗袍——她25岁那年结婚时买的唯一一件衣服——希望能帮忙改一改。

相比20年，她胖了至少20斤，生育孩子加上岁月雕刻，她的皮肤不再光滑，腰身也不再紧致苗条。Ada对旗袍进行了改良，加宽了腰身，缝起了高衩——当丈夫看到穿着旗袍的她，瞬间泪目。

20年过去，妻子的身材不复从前，脸上的胶原蛋白慢慢流逝，可眼神里的坚定和眼尾的皱纹，充满魅力。

那件旗袍，像是一个钥匙，让这么多年的酸甜苦辣，全部打开，又凝成了阶段性的幸福和纪念。

那件旧礼服，沉默地躺在衣柜里，却见证了一切。它可能是时间和回忆的具象化吧。

我们不是明星，没有那么强的需要和能力，去对抗岁月。Ada说：“做了那么多年服装造型，慢慢地就发现，女人年龄渐长，最美的礼服不一定是高定大牌，而是10年、20年前，那件不知名却见证回忆的连衣裙。”

那件20年前的礼服，穿得上、衬得起，是身材和人生的经营和管理，亦是“再忆当初”的自信和福分。

【轻哲学】

波伏娃，是法国著名的存在主义哲学家。她的《第二性》涵盖哲学、历史、文学、生物学、神话等多种文化内容，探讨了女性个体发展史所显示的性别差异。

她说：“服饰对许多女人之所以如此重要，是因为它们可以使女人凭借幻觉，同时重塑外部世界和她们的内在自我。”

细想起来，是不是有点儿扎心？

好在，我们现在这个社会，和波伏娃所生活的时代已经不同，女人们早已醒来。服饰依然是我们重塑外部世界和内在自我的一个方式，但是并不是幻觉。

我们清楚地知道，一件华服的意义，不仅仅是漂亮和吸引注意。那更是我们自我实现的标志之一，就像是穿着56年前礼服的丽塔·莫雷诺，我们唯有致敬。

男人优秀闪闪发光，女人优秀为何要躲躲藏藏？

【引子】

“男人的极大幸运在于——他，不论在成年还是在小时候，必须踏上一条极为艰苦的道路，不过这是一条最可靠的道路。女人的不幸则在于被几乎不可抗拒的诱惑包围着，她不被要求奋发向上，只被鼓励滑下去到达极乐。当她发觉自己被海市蜃楼愚弄时，已经为时太晚，她的力量在失败的冒险中已被耗尽。”

——西蒙·波伏娃

【正文】

那天，看到一个新闻。

杭州的万松岭路，是杭州人相亲的聚集地之一，那里多的是为孩子寻找对象的父母。

春暖花开，家长们又出动了。

令人尴尬的是，有到现场的网友爆料，为了给孩子找到对象，一位家长说，明明女儿是博士，但不敢说，只敢说是硕士，怕吓着男方不敢搭讪。

相反的，优秀的男生，则大胆亮出条件，甚至写出“前景好”这样的字眼，来吸引女生注意。

男生优秀就是闪闪发光，可女生优秀就要“躲躲藏藏”？

（一）

此前的实习生妹子橘子硕士研究生很快毕业了，她有读博的机会。

橘子很犹豫：“读博得在学校多待几年不说，还面临大龄单身的风险。”

我很惊讶她竟然有这样的想法，我问：“你很怕大龄单身吗？”

橘子说：“我自己倒没什么。可我妈，总说不让读了，再读就嫁不出去了。”

原来，橘子有个表姐，为了方便叫她陈姑娘好了。陈姑娘非常优秀，30出头，博士毕业，在一家世界500强公司出任技术副总，在上海有房有车，长得吧，虽然不是貌若天仙，但身材不错、很有气质。

可是，大家族聚会，每个人都在劝陈姑娘：“妮呀，别太眼高手低、挑挑拣拣，过得去就行了。”

前几年，陈姑娘的父母见人还很骄傲：

“对啊，妮儿是博士。”

“哎呀，哪有什么出息，就是个书呆子，不懂事。哈哈哈。不过，学习上，确实从小到大没让人操过心。”

“对对对，毕业了，在外企，听说是世界五百强。”

“车啊？她自己买的。我们没本事，哪有钱帮她啊。”

这几年，简直是画风突变。

“不不，只是研究生。”——他们私下约好，统一口径，博士和硕士都能说是“研究生”，不能强调“博士”头衔了，模糊处理介绍。

“工作啊，不是很忙。在公司里就是个普通员工。”——生怕人家不敢给姑娘介绍对象。

“我女儿做的菜，是不是很贤惠？”——朋友圈也从晒女儿工作照变成了晒美食，也不管是不是陈姑娘做的，先晒了再说。

“高知女学霸”人设并不好嫁，他们赶紧要为女儿找补，转换为“文艺居家女”。

就这样，表姐陈姑娘从省心的“别人家孩子”，变成了“难嫁”、让人操心的反面教材。

有女孩儿的家人，都达成一致“最多读到硕士”。

在考研论坛、知乎等社交平台，不乏“女博士”的苦恼。很多人都说：女生读博士，家长更加担心孩子的是对象问题。连高校导师都劝学生：女生读博前，最好有稳定的男朋友。

现代女孩，常常面临着很多“新偏见”：她那么优秀，一定不好相处吧；她那么优秀，一定不会照顾家里；她那么优秀，会“压着”男人的……

所以，“女博士”成为“男人”和“女人”之外的第三物种。

（二）

可是，那些优秀的姑娘，只要她愿意，明明就有能力把各方面都做得很好啊！

“女博士”李一诺就是学习、工作、生活全A的选手。

她是清华大学的高材生，2005年在加州大学洛杉矶分校读完分子生物学博士，成为当年入职麦肯锡洛杉矶办公室的唯一一个“外国人”。

从一个做科研的博士，到咨询公司，这样的跨界也曾让她战战兢兢，缩在办公室的角落里不敢说话。但从业七八个月之后，李一诺找到了自信，领略到做咨询和做科研的相似之处：把复杂问题简单化，去找核心。

在麦肯锡，晋级路线是咨询师、项目经理、全球副董事、全球合伙人。李一诺一路升级打怪，在2011年，成为麦肯锡的全球合伙人。在这期间，她生育了老大，现在还正怀着老二。

10年之后，盖茨基金会中国首席代表的工作机会找上了李一诺。经过与比尔·盖茨的两个小时的面试，李一诺接受了这份工作，拖家带口从美国回到了北京。

看起来如此“女强人”的李一诺，同样把家庭管理得很好。她把工作里的思路带到家庭中，反而高校又健康地解决了很多问题。甚至是，她有更强的魄力去面对更复杂的事情。

李一诺目前有3个孩子。她不想孩子在国内公立学校接受应试教育，也不想上把孩子培养成外国人的国际学校，于是她决定自办一所学校。170天之后，将国际先进的教育理念与中国基础教育体系结合的“一土学校”诞生了。这所学校借寄在北京80中内，只有3个教室，现在每年都有上千家长争抢学位。

李一诺的丈夫申华章不是很帅，特别爱笑。他毕业于加州理工学院，是一个连续创业者，履历看起来还没有老婆强，名气也没有老婆大。他热衷互联网，和李一诺一起开学校、微信公众号，常常在知乎点赞关于李一诺的文章……

李一诺是非常优秀的“女博士”，但她并没有就因此很难相处，也把家里照顾得很好，和丈夫琴瑟和鸣。

申华章娶了个优秀的女博士，他的快乐心态、生活质量和事业发展也并没有因此打折扣。

如果一个男人因为女人优秀而心生不满和退缩，而是男人的问题。

如果大家的价值观里，依然认同“女子多才不是德”，那么是大多数人的问题。

都不应该怪罪到“女人太优秀”上。

（三）

这是最好的时代，这是最坏的时代。

太多的女生受了良好的教育，在事业上巾帼不让须眉，收入也大大高于平均水平。可那些越来越优秀的姑娘，如果没有在早期恋爱结婚的话，有相当一部分人很难找到爱情。

她们常常陷入两难之中：条件差的自己不会想“将就”，条件好的男人，常常更愿意找平凡一点的女生。

甚至有人说，阅历丰富、事业有成，这些优势反而成了女孩的劣势。

这些都是因为对于女人的偏见而引起的。好像，女人天生就是为了传宗接代、相夫教子而生，甚至有人认为，女人多读点书，也仅仅是为了培养更好的下一代。

她们自身的价值常常被忽略。

我们大多数的人，可能很难做到李一诺那样“人生开挂”。可，谁说女人一定要兼顾事业和家庭呢？谁说女人一定要结婚生子才是完满呢？

这个世界上，有太多有趣的事情等着我们去做，有太多边界等着我们去探索，闪闪发光的优秀姑娘们，为什么要躲躲藏藏？

【轻哲学】

每次在讨论女性自我成长主题时，脑中总会蹦出法国哲学家波伏娃的金句。作为一个不断向上的女人，她太了解这个社会在以怎样的姿态和决心“鼓励女人滑下去”。所以，引子中的那句话，我总会背给很多姑娘们听。男人总在被鼓励要继续向上，女人总在被洗脑“差不多得了”。可其实，现代的女人有了更多的选择，真正的自由，是能够按照自己的意愿过一生。无论是相夫教子，还是立志做职场超人，但一定都要是自己选择自己能负责的，那就是最好的生活。

后记

我们只是变得，更像原本该有的样子

陶妍妍/文

会唱歌的人，每个音，都是靠气息从嗓子眼儿里推出来的。

写字儿的人亦是。

各人笔下有各人的气，这个，不服不行。

有人气吞山河，有人气若游丝，有人呵气如兰，有人一张嘴就是必须掩鼻的荤腥之气。

艾米丽·王嘉宝在《醒来》里唱："从生到死，呼吸之间。"

所以，有气，总是好的。

汪贵贵是个"气"很足的人。

像刚烧开的水，一揭盖子，热腾腾的白气，蹭地冲上来，扑你一脸。

有时因为气太足，显得有点鲁头鲁脑。但我还是挺喜欢。那种莽撞，像孩子随手捏的黄泥巴神兽，有灵气，有拙趣，还有生命力。

汪贵贵是哲学系的高才生，大学一毕业就做了纸媒，是报社里数一数二的时政记者，每年都要去北京开"两会"，经常站在梯子上跟姚明握手合影。

好稿不少出，心却不知足，她非说自己不表达会憋死，于是开豆瓣，半夜码“之乎者也”的文言文。

有一次我经过她的电脑，摇摇头：“你这样是写不出来的。”

“啊！啊！啊!”她大叫三声。

“还是跟我一起做公号吧。”哈哈哈，梗埋在这里。

创业不易，共同走过三四年。

这几年是多倍速的成长期，她在文字上的表现，也是思考越来越深，文字越来越简。

《普通人的10万+生活》是汪贵贵第一本个人著作，和她这几年的自我成长、思考分不开。

她想知道如果40岁变有钱，如今的20岁该干什么；她也想走捷径靠脸吃饭，后来论证出并不太容易；减不下去肥时，她辩解“吃货”更有过好生活的能力；忙到飞起时，她在文字里意淫，《敢给生活按暂停键，是一种底气》……

她在这本书里真实得可爱，就是你我身边的一个“普通人”。

但普通人也希望通过自己的努力，没事冲一冲10万+（微信圈用语，表示“优秀”），让更多人看见自己，让更多人为自己的奋斗点赞。

我写这篇后记时，她正在办公桌那头一边吃麻辣烫，一边十指翻飞地写稿。是的，因为太能干，我常忘记自己的年纪比她大了快一轮。唉，想太多，会不好意思日常虐她的。

这几年，她的口头禅是：“我可以。”

偶尔崩溃，她仰天长啸：“我的能力为什么跟不上我的野心？！”

偶尔沮丧：“老师，我可不可以尿？”她又瞬间自问自答：“嗯，不可以！”效率极高。

北野武有句话，一直是我座右铭：“虽然辛苦，我还是会选择那种滚烫的人生。”

为人，写字，气都要足。

即使创业是熔炉，我们对文字的初心并没改变，我们对自己的信心也没被烧毁。

我们，只是变成了，更像自己原本该有的样子。

汪贵贵同学，继续加油！